Wilhelm Marr

Vom jüdischen Kriegsschauplatz

Wilhelm Marr

Vom jüdischen Kriegsschauplatz

ISBN/EAN: 9783743310582

Hergestellt in Europa, USA, Kanada, Australien, Japan

Cover: Foto ©Andreas Hilbeck / pixelio.de

Wilhelm Marr

Vom jüdischen Kriegsschauplatz

Vom jüdischen

Kriegsschauplatz

Eine Streitschrift

von

W. Marr.

Bern,
Rudolph Costenoble
1879.

Vorspiel.

Ich beginne diese Arbeit mit einem Worte des Dankes an einen Feind. Im Verlage von Richard Skrzeczek in Löbau (Westpreussen) ist eine Broschüre erschienen: „Die deutschen Juden und Herr W. Marr", deren Verfasser, Herr J. Perinhart eine Lanze einlegt gegen meine Schrift: „Der Sieg des Judenthums über das Germanenthum. Vom nicht confessionellen Standpunkt aus betrachtet". (Bern, Rudolph Costenoble.)

In ehrenhaftem Gegensatze zu der verjudeten „liberalen" deutschen Tagespresse, welche mich nur todtzuschweigen oder süffisant zu bewitzeln verstand, geht Herr Perinhart auf die Sache ein und zwar in einem anständigen Ton, so dass ich mich nicht beklagen darf, wenn der Stoff ihn, wie mich selber, mitunter gereizt werden lässt. Auch Herrn Perinhart wird in der verjudeten Tagespresse ein — gemässigtes — Todtschweigen zu Theil werden, ja, ich bin überzeugt, er wird mündlich bereits Vorwürfe zu hören bekommen haben, dass er durch seine Arbeit mir „Reklame" machte!

— — — Der Semitismus ist ja, wie männiglich weiss, in der modernen Journalistik ein Noli me tangere geworden und Nichts ist den semitischen Journalhelden fataler, als Stammesfarbe bekennen zu müssen. Der männliche Stolz fehlt ihnen eben. Sie können frech sein, aber nicht frei. Vor 15—20 Jahren rührten sie sich noch, wenn man das Judenthum einer Kritik unterzog. Heute, wo sie aus der Tagespresse eine jüdische Domäne, eine Grossindustrie gemacht haben, behandeln sie uns, wie der Fabrikpascha seine Arbeiter behandelt. Sie beachten unsere Klagen, unser Murren nicht. Es soll nicht bekannt werden, wie die deutsche Nation unter der Verjudung der Gesellschaft leidet und so ist auch mein Gegner, Herr Perinhart, höchstwahrscheinlich nur das „Enfant terrible" des Judenthums in den Augen jener Herren geworden. Nun wohl denn, so will ich ihm „Reklame machen", wie es im modernen journalistischen Kauderwelsch heisst. Denn mir liegt vor Allem daran, dass die Judenfrage im Fluss erhalten bleibt, um dieser dünkelhaften, frechen, verjüdeten modernen Journalistik zu zeigen, dass man ihrer Hülfe nicht bedarf, um zu seinen Mitbürgern zu reden, und dass ihr Todtschweigen oft beredter ist als die lautesten Angreifungen oder Verdammungen. Jedes Kind weiss es ja, dass die grossen und tonangebenden liberalen Zeitungen Deutschlands und Oesterreichs (die Nationalzeitung, Frankfurter Zeitung, die Neue freie Presse, der Pesther Lloyd etc.) in Judenhänden sind. Aber die Diktatur der öffentlichen Meinung dieses druckpapiernen Semitismus wird täglich wackeliger und es ist ein Glück, dass der Respekt vor dem journalistischen Bonzenthum immer mehr schwindet und man in den Zeitungen Neuigkeiten und Klatsch, aber keine Raisonnements und Reflexionen sucht. Ich nehme hier Anlass, auch der in Rede stehenden Tagespresse meinen Dank auszusprechen über ihr beredtes Todtschweigen meiner Schrift: „Der Sieg des Judenthums über das Germanenthum" und fordere sie auf, wenn sie noch einen Funken von Ritterlichkeit besitzt, Herrn Perinhart aufmerksamer und collegialischer zu behandeln, als sie mich behandelt hat. Verlasst euch darauf, ich habe die Judenfrage wieder in Fluss gebracht und werde sie darin zu erhalten wissen!

Dass unsere Künstler dieser Presse Antichambredienste leisten, ist traurig; dass unsere Staatsmänner sich von tutti quanti der publicistischen Trut- und Kikerikihähne „interviewen" und gradezu „articulirte Verhöre" mit sich anstellen lassen, ist schmachvoll und zeigt, bis zu welchem Grade auch die geistige Verjudung bereits vorgeschritten ist. Greift Brennesseln kräftig an und sie thun nicht weh. Blickt hinter die Coulissen dieser modernen verjudeten Presse und ihr werdet ein **homerisches Gelächter** aufschlagen über den hohlen industriellen Schwindel und — über euren eigenen Respekt vor dieser literarischen „Judenbörse"!

Und jetzt auf die Mensur mit einem ehrlichen Gegner.

W. M.

1.

Es liegt in der rein menschlichen Natur, dass man, wo man sich nicht stark genug fühlt, den Gegner direkt auf's Haupt zu schlagen, ihn zu theilen und seine Kräfte vom eigentlichen Schlachtfelde weg auf andere Gebiete zu locken sucht. Mein Erstaunen, mich von Perinhart zu einem **Geschichtsschreiber** gestempelt zu sehen, wich daher bald jener Erkenntniss. Es galt ja zu **verdecken**, dass der Semitismus heute die socialpolitische Herrschaft an sich gerissen hat, und wo ich in meiner Schrift „der Sieg des Judenthums über das Germanenthum" auf's **Nachdrücklichste betonte**, eine Kulturgeschichte des Judenthums zu schreiben, sei eine Aufgabe von Männern wie **Johannes Scherr**, wo ich also auf Schilderungen von Episoden verzichten musste, drängt mich Herr Perinhart in die Alternative, entweder die Flagge zu streichen, oder ein wer weiss wie **voluminöses Werk** über die Geschichte des Judenthums zu schreiben. Der Streit wird damit den Blicken des Volkes entzogen, die Akademie wäre das Schlachtfeld und die resp. Katheder die Schanzen, aus denen man sich gegenseitig beschösse.

So **anregend**, so verlockend in dieser Hinsicht das Buch des Herrn Perinhart ist, muss ich ihn doch ersuchen, auf der Mensur zu bleiben und lehne daher auch die Ehre „historische **Untersuchungen**" angestellt zu haben, bescheiden von mir ab. Gegen die judenfreundlichen und **christenfeindlichen** Autoren, welche Perinhart anführt, wie **Schleiden** u. A., könnte ich von Voltaire an bis auf die heutige Zeit **mindestens** eben so bedeutende **antijüdische Autoritäten** anführen und da sässen wir dann richtig hinter doppelten und dreifachen akademischen Mauern und zankten uns, den Augen und Ohren des Volkes entrückt, zuletzt wohl gar noch über Herder, der das Judenthum „**eine Schmarotzerpflanze auf den Stämmen der andern Nationen**" genannt hat, oder

über Fichte und seinen Ausspruch: „Den Juden Bürgerrechte
„zu geben, dazu sehe ich kein anderes Mittel, als das,
„ihnen in einer Nacht die Köpfe abzuschneiden und
„andere aufzusetzen, in denen auch nicht eine jüdi-
„sche Idee ist; und um uns vor ihnen zu schützen,
„dazu sehe ich kein anderes Mittel, als ihnen ihr ge-
„lobtes Land wieder zu erobern und sie alle dahin zu
„schicken."

Nein, nicht durch die einseitige Parteibrille habe ich das Judenthum betrachtet, nicht mit Citaten von hüben und drüben, nicht mit Waffen, worüber „die Gelehrten uneinig" sind, weil die Forscher nur zu oft zu ganz verschiedenen Resultaten kommen, habe ich gekämpft, sondern historisch nur das absolut Unvermeidlichste berührt, nur die Stationen, auf welchen das Judenthum zu seiner heutigen Weltmacht gelangte.

Aber sehen wir doch einmal zu, wie Perinhart die Geschichte sich bequem zurecht legt, um für die Juden eine Lanze zu brechen.
(S. 8.) „Konsequenter Weise fängt Marr mit dem Alterthum
„an. Schon von Anfang an bei ihrem Auftreten in der Geschichte
„sind die Juden bei allen Nationen ohne Ausnahme verhasst ge-
„wesen."

„1. Wegen ihrer Scheu vor wirklicher Arbeit.
„2. Wegen ihrer gesetzlich vorgeschriebenen Feindschaft gegen
„alles Nichtjüdische."

„Hierauf Folgendes: „In alter Zeit waren die Juden die Sklaven
„von Unterthanen der Aegypter. Als solche mussten sie wohl
„arbeiten. Dass sie sich aus Arbeitsscheu befreit haben, wird Herr
„Marr nicht behaupten wollen."

„Ja wohl, ich behaupte das."

Als Joseph „Reichskanzler" seines Pharao geworden war, gelang es ihm, seinen Souverän zu bestimmen, der Familie Jakob die fruchtbarste Provinz Egyptens als Domäne zu schenken.

„Das Land Egypten steht dir offen, lass' sie am besten Orte
„des Landes wohnen, lass' sie im Lande Gosen wohnen; und so du
„weisst, dass Leute unter ihnen sind, die tüchtig sind, so setze
„sie über mein Reich." (1 M. K. 47. V. 6.)

Man kann mit dem besten Willen keine bessere Aufnahme verlangen.

Wie aber wirthschaftete der wundersame jüdische Heilige?

„Joseph versorgte seinen Vater und seine Brüder und das

„ganze Haus seines Vaters, einen jeglichen nachdem er Kinder „hatte." (A. a. O. V. 12.)

Es kommt eine Theuerung. Und hier lasse es sich der geneigte Leser nicht verdriessen, die Bibel aufzuschlagen und nachzulesen, mit welcher Virtuosität der Reichskanzler Joseph es verstand, das Feudalsystem und die Leibeigenschaft nebst dem obligaten Kornwucher in Egypten einzuführen, so dass die armen Egypter (V. 25) zuletzt jammerten:

„Lass uns nur leben und Gnade vor dir, unserm Herrn „finden; wir wollen gern Pharao leibeigen sein."

Israel aber — „wohnte in Egypten im Lande Gosen, und hatte „es inne, und wuchsen und mehrten sich sehr." (V. 27.)

Als Jakob starb, wurde ihm ein fürstliches Begräbniss zu Theil. Der Hof Pharao's folgte der Leiche. Und Joseph tröstete die Seinen:

„Fürchtet Euch nicht; ich will Euch versorgen und Eure Kinder. (K. 50. V. 21.)

In diesem privilegirten Ausnahmezustand muss Israels Volk viele Jahre gelebt haben. Denn beim Auszuge aus Egypten zählten sie sich „600,000 Mann ohne die Kinder" unter dem damaligen Pharao.

Die Verjudung Egyptens ist somit durch die heiligen Bücher der Juden selbst eingestanden.

„Da kam ein neuer König auf in Egypten, der wusste nichts „(oder wollte Nichts mehr wissen?) von Joseph." (II. M. K. 1. V. 8.)

Mit Recht musste er fürchten, dass die zahlreichen Juden, welche ihrer Vorrechte wegen unmöglich beliebt im Lande sein konnten, sich zu „seinen Feinden" schlagen würden und das verjudete Egypten empörte sich gegen die Verjudung, wie wir es heute thun. Die „Fleischtöpfe Egyptens", nach welchen die Juden noch nach Jahrhunderten sich sehnten, müssen also wohl recht voll gewesen sein. Barbarische Zeiten, barbarische Mittel. Joseph hatte die Egypter in die Leibeigenschaft gezwungen, diese nahmen Repressalien. Was Joseph mit List und Schlauheit that, das that der neue Pharao mit brutaler Gewalt. Arbeiten, „schanzen" mussten die Juden, ohne Erbarmen, wie Joseph die Egypter dazu gezwungen hatte. Der langertragene jüdische Druck erzeugte auf egyptischer Seite die Bestialität der Kindermorde. Die Vorrechte schwanden, Israel murrte. Und wohl nicht umsonst mag Moses sein Volk 40 Jahre in der Wüste kreuz und quer geführt haben, statt auf dem nächsten Wege ins gelobte Land zu reisen, denn er musste einsehen, dass mit dieser Gesellschaft erst der Aussterbeprozess vorgenommen werden müsse.

Typisch hochinteressant war es endlich, dass, nachdem Pharao sie laufen liess und ihnen noch Vieh auf die Reise schenkte, die Juden den Egyptern die goldenen und silbernen Geschirre maus'ten. Es ist nicht zu verwundern, dass Pharao ihnen nachsetzte.

Nun, Herr P., wollen Sie die Selbstbiographie des Judenthums Lügen strafen?

Soll ich auch noch die Stellen anführen, wo den Juden befohlen ist, alle Männer der Völker, die sie auf ihren Zügen trafen, Völker, die den Juden Nichts zu Leide gethan hatten, zu ermorden? Soll ich die Ordonnanzen anführen, so und so viele „Vorhäute" als Trophäen heimzubringen." Der wüthendste christliche Mönchsfanatismus in Amerika und Ostindien war von dem Bekehrungswahnsinn ergriffen, die alten Juden mordeten, weil ihnen die Feindschaft gegen alle andern Völker, als gegen „Unreine" gesetzlich geboten war. Mordeten bis zur Erbarmungslosigkeit wie Samuel, der den König der Amalekiter Agag, den Saul begnadigen wollte, in Stücke hackte.

O ja! andere Völker waren ebenfalls Barbaren, aber die Barbarei war kein göttliches Gesetz bei ihnen. Ein solches Volk konnte, durfte nur gehasst sein bei den übrigen Völkern.

An diesem einen Beispiel könnte es schon genügen, zu zeigen, wie leicht sich Herr Perinhart die Sache macht und wie er, — ich gebe zu, unbewusst, — auf der Leser Unkenntniss von der biblischen Geschichte und von der judenfreundlichen und judenfeindlichen Literatur überhaupt bauend, sophistische Behauptungen an die Stelle der Thatsachen setzt. Ich weiss nicht, ob Herr Perinhart ein Jude ist, aber seine Beweisführung ist eine jüdisch-dialektische Kunststückmacherei, die mit Ausnahmen, statt mit der Regel kämpft, wie z. B. (S. 10.), weil 520 v. Chr. der Zinsfuss in Rom gesetzlich geregelt wurde, die Juden den „Wuchergeist" im Abendlande bereits „vorgefunden" hätten. „Erfunden" mögen sie ihn nicht haben, so wenig wie das Schiesspulver, aber der „Rohstoff" wurde in ihren Händen ein „Fabrikat" der fürchterlichsten Art und Herr Perinhart wird wenig Gläubige finden, dass Israel nicht der Hauptmatador des Wuchers in der Weltgeschichte war und ist. Wenn „Brutus 3 Menschenalter vor der Zerstörung „Jerusalems Geld zu 4 % per Monat ausgeliehen hat" — mir ist dies bis jetzt unbekannt gewesen — und man daraus folgern will, dass die Römer Wucherer gewesen seien, warum sagt Perinhart nicht noch bequemer, Spinoza war ein Jude, der kein Geld auslieh, folglich wuchern die Juden nicht! — Die Sophistik muss aber individuell argumentiren, weil sie es nicht generell kann. Wer sagt denn, dass es keine Ausnahmsjuden gibt? Niemand. Man sagt nur: der typische Charakter der Juden war im Alterthum die entsetzlichste Grausamkeit als Gesetz gegen andere Völker. Man zeigt, dass das socialpolitische System des Judenthums schon zu Joseph's Zeiten, also lange bevor an Rom nur gedacht wurde, existirte, in wahrhaft raffinirter Weise existirte, selbsteingestandenermassen existirte.

2.

Der schwarze Punkt des Wuchers lässt Herrn Perinhart keine Ruhe. Immer und immer kommt er in seiner Schrift wieder darauf zurück. So auch im zweiten Kapitel. Er entschuldigt die Juden damit, dass ihnen kein anderer Erwerb übrig gelassen worden sei, sagt aber selbst, dass ihnen Anfangs im Römerreiche politische Rechte, ja sogar Staatsämter eingeräumt worden seien. Erst nach der Erklärung des Christenthums zur Staatsreligion ward dies seltener bis es nach und nach ganz aufhörte.

Ich verlange nicht mehr als dieses Eingeständniss.

Hat man dagegen je gehört, dass das „tolerante" (!) Judenthum Christen oder Nichtjuden zu seiner Gemeindeverwaltung hinzuzog? Nein. Warum nicht? Weil der Verkehr mit den „Unreinen", die Gleichstellung derselben mit den Juden verboten war. Die Völker, von den Egyptern, Persern und Babyloniern an bis auf unsere Zeiten waren im Prinzip und in der Praxis humaner als die Juden. Die Geschichte weiss von keinem nichtjüdischen Joseph, Daniel, Mardochai, etc., in Israel zu erzählen.

„In Deutschland", citirt Herr Perinhart (Kriegk, Frankfurter „Bürgerzwiste und Zustände im Mittelalter), „brachten es die „Juden im früheren Mittelalter mitunter noch dahin, dass einzelne „von ihnen die Steuererheber der Christen wurden, also gewisser- „massen ein öffentliches Amt bekleideten."

Ja wohl! man verpachtete die Steuern an den jüdischen Wucher und musste den Pächtern schon helfen die Steuern einzutreiben. Das Alles spricht ja aber geradezu für mich.

Noch schwächer ist die versuchte Entkräftung meines Vorwurfs, dass sich die Juden vorzugsweise in die grossen Städte warfen.

„Hätten sich die Juden als Ackerbauer über das „Land vertheilt, so wären sie in ihrer Vereinzelung in „grössern Massen hingemordet worden, als ohnedies „geschah."

Ei! das zum grössten Theil brachliegende und dünn bevölkerte abendländische Urland bot denn doch nicht halb so viel Gefahren als Nordamerika, wo die angelsächsischen Ansiedler mit zahlreichen und wilden Indianerstämmen zu kämpfen hatten, deren üble Gewohnheit im Scalpiren statt im Beschneiden bestand. Die Wahrheit ist, dass dem jüdischen Typus die rauhe Landarbeit zu langsam und unbequem für den jüdischen Fortschritt erschien. Sie waren es ja auch in ihrem steinigen, mit Ausnahme von einigen Distrikten, sterilen „gelobten Lande" nicht eben gewohnt.

Juden gab es vereinzelt überall im Abendlande. Die eigentliche jüdische „Völkerwanderung" begann erst nach der Zerstörung Jerusalems und dass die Juden aus Spanien und Portugal in Masse nach Holland und Deutschland einwanderten, dafür sprechen die noch heutigen dort existirenden „portugiesischen Gemeinden" die vielen portugiesischen jüdischen Namen in Holland, Hamburg etc., als z. B. Fonseca, de Lemos, Rocamora, Cortereal, Vivanco etc. etc. Auf die vereinzelten Juden im Abendlande habe ich als verständiger Mann begreiflicher Weise keinen Accent gelegt und es ist daher auch ein hinfälliges Argument, wenn Perinhart sagt, dass „schon 1000 Jahre vor der Eroberung Granada's in Deutschland Juden „ansässig" waren. Diese wurden durch die spätern jüdischen Nachschübe verstärkt. Wo ist da auch nur der Schatten eines „Widerspruchs" in meinen Behauptungen? —

Es wird nun der Judenfreund und Christenfeind Schleiden wieder citirt:

„Mehr als tausend Jahre seit Beginn unserer Zeitrech„nung" — ich vermuthe, es ist damit das Jahr 510 v. Chr. gemeint, — „vergehen, ohne dass sich auch nur eine An„deutung dafür findet, dass die Juden Wucher getrieben."
Freilich, im alten Rom gab es wenig Juden, im cäsarischen Rom war das Wort Jude bereits ein Schimpfname, zur Zeit der Gothen ging Alles drunter und drüber, aber zu Karls des Grossen Zeiten tauchten die jüdischen Geldnegozianten schon tapfer auf und „im früheren Mittelalter" waren sie bereits „Steuererheber" der Christen.

Auch ist es grundfalsch, dass der Wucher der Juden als
„Vorwand" diente, sie zu verfolgen. Die **Religion** war der
„**Vorwand**", um das Volk gegen die jüdischen Wucherer aufzubringen.
Ei, und alle religiösen Leidenschaften gegen Albigenser etc.
haben sich calmirt; wie und woher kommt es denn, dass die Antipathie grade gegen die Juden sich gleich geblieben ist? — dass
sie in unsern aufgeklärten Tagen, wo das religiöse Element doch sehr nebensächlich behandelt wird, so mächtig
zu Tage tritt?
Weil es dem hochtalentirten jüdischen Realismus
gelungen ist, uns zu seinen Sclaven zu machen und
die Sclaverei anfängt unerträglich zu werden.
Ich will mit Herrn Perinhart über die tolmudisch-spitzfindigen
Wortverdrehungen, die er gegen mich anwendet, nicht rechten.
Der Leser mag selbst urtheilen.
Weil ich gesagt habe, „die Kultur blühte bereits in Italien,
Frankreich und Spanien" als der Germane noch einem „ritterlichen
Tolpatsch" glich, soll ich damit behauptet haben, dass die Kultur
„**gleichzeitig**" (!) in den genannten 3 Ländern geblüht hätte.
Hätte ich die Möglichkeit ahnen können auf solche kleinliche talmudisch sylbenstecherische und auf die Ignoranz des Publikums
berechnete Einwürfe zu stossen — das Wort „Spanien" wäre zuverlässig zuerst aus meiner Feder geflossen — und hätte ich ein historisches Werk schreiben wollen, ich würde sicher betont haben,
dass die gebildeten ritterlichen Mauren in Spanien bei aller Toleranz und Humanität vornehm auf die Juden herabblickten.
Das Lob der Mauren ist mir gegenüber ganz überflüssig, der ich
den religiösen Fanatismus zu unumwunden verdamme und meine
Augen wahrlich nicht verschliesse, dass dieser Fanatismus kulturzerstörend war, ist und sein wird. Herr Perinhart möge also seinen
Lesern nicht „weiss machen", ich habe ein Geschichtswerk
schreiben wollen. Er möge hübsch „auf der Mensur" bleiben und
mir keine Unterlassungssünden vorwerfen, indem er sich den Anschein gibt, als schweige ich absichtlich die guten individuellen
Erscheinungen des Judenthums todt. Ich setzte voraus, dass
meine Leser wüssten, dass es tüchtige jüdische Aerzte im Mittelalter gegeben, und hielt es für sehr überflüssig, dies in einer
Schrift, wie die meinige noch besonders hervorzuheben.
Eine gleiche Zurechtweisung verdient die Behauptung, dass

auch die Geistlichkeit Wucher getrieben. Sagte ich denn nicht in meiner Schrift, Israel benutzte die schlechten Leidenschaften der Menschen? Ad vocem des Slaventhums. Ludwig der Grosse verjagte die Juden aus Ungarn. Die Maitresse des Polenkönigs Casimir, die schöne Jüdin, Esther (nomen et omen!) schaffte ihnen eine neue Heimath in Polen! Und fragt die Polen? Jeder Pole wird sagen: materiell zu Grunde gerichtet ist Polen durch das Judenthum. Fragt den Bauer und Kleinbürger in Ostpreussen, in Pommern, in Thüringen, in Bayern, in Schwaben, fragt das Volk, wo der Schuh drückt, und überall wird die Antwort lauten: Die Juden. Das Volk philosophirt nicht wie wir, der Trost genügt ihm nicht, dass es nach jahrtausendlangem „Verschmelzungsprozess" weder Juden noch Germanen, sondern „ein Edleres" geben werde. (P. 44.) Dieser „Wechsel auf die Ewigkeit", den uns Israel ausstellt, ist nicht „diskontirbar". Aber der „deutsche Michel" wurde ja stets mit Philosophemen abgespeist und die Logik des Herrn Perinhart läuft einfach darauf hinaus, um einmal „akademisch" zu reden: Weil es ein Weltgesetz ist, dass Völker wie Individuen vergehen, so soll der Germane ruhig zusehen, wie der Jude Alles an sich reisst. Nach Jahrtausenden verschwindet ja auch der Jude!

„Und wird unser ganzer Verlag verboten,
Verschwindet am Ende von selbst die Censur."

Das Centrum des Judenthums (ich glaube mich nicht deutlicher ausdrücken zu können) ist Deutschland. Aus Spanien, Portugal und den slavischen Ländern strömten ihm neue Kräfte zu und die Episoden einer Reaktion, wo das Judenthum wieder zurückgedrängt wurde, fallen nicht in die Wagschaale, ändern Nichts an der Thatsache des Siegs des Judenthums über das Germanenthum.

Dass meine Auffassung von Lessings „Nathan der Weise" von Herrn Perinhart als eine verkehrte bezeichnet wird, ist begreiflich. Doch können wir uns auf diesem Gebiet vielleicht besser verständigen als auf anderem. Herr Perinhart betont selbst, dass es im Mittelalter zahlreiche jüdische Gelehrte gegeben. Nun wohl, zu Lessings Zeiten lebte ein Mendelssohn. Jüdische Aerzte gab es im 18. Jahrhundert die Menge und diese konnten dem Volke keine unbekannten Existenzen sein. Aber Lessing fühlte — nach Herrn Perinhart — sehr wohl, „dass der Hass des Volkes sich vornehm„lich gegen die reichen Juden richtete, welche ihr Vermögen

„missbrauchten. Darum wählte Lessing grade einen reichen Juden, „welcher sein Geld menschlich verwendet." — Ich füge nur hinzu, dass der „Hass des Volkes" sich nicht sowohl gegen den Reichthum, sondern vielmehr gegen die überlegene Schlauheit der Juden im Verkehr zuspitzte. Im **Volke** ist der „Judenhass" stets ein **genereller** gewesen und die ärmern Juden hatten mehr zu leiden als die reichen. Dass ein Lessing aber eine Quasi-Apotheose jüdischer Millionäre schreiben wollte, vermag ich nicht zu glauben. Ebensowenig, dass er beabsichtigte in Nathan ein Vorbild für jüdische Millionäre zu zeichnen.

Lessing gehörte vielmehr der deistischen Richtung an, welche, wie Mendelssohn, im Monotheismus pur et simple die Universalreligion erblickten und, nahm er im ethischen Sinne desshalb einen Juden zum Vorwurf, so geschah es, weil er im Judenthum den Monotheismus am ausgeprägtesten zu sehen glaubte. Aber die Realität trat dazwischen. Der Geldmensch, der generell beim Juden vorherrscht, und so der „Rothschild Saladins". In der Hauptsache sind also Herr Perinhart und ich einig, wie mir scheint.

Eben so ehrlich gesteht Herr Perinhart den Abfall des grössern Theils der Juden von der Sache der Freiheit ein, nach errungener Emancipation. O ja wohl! das war es zuerst, was uns einstige Vorkämpfer der Judenemancipation stutzig machte. Die Ausnutzung der heiligen Freiheit zu schnöder Selbstsucht, der principienlose Doktrinarismus, in den selbst Männer wie Riesser u. A. verfielen. Mögen unsere Ideale Irrthümer gewesen sein, unsere jüdischen Mitkämpfer durften nicht die ersten Deserteure sein! Sie hatten, wie Perinhart richtig sagt, „eine grössere Pflicht, fest zu „bleiben." Seit jener Zeit trieben wir keine Sentimentalitätspolitik mehr mit dem Judenthum. Wir studirten den jüdischen Typus und stiessen allüberall auf die verschlagendste Selbstsucht!

Es giebt in Deutschland, abgesehen von der grossen „liberalen" durch und durch verjudeten Tagespresse, 15 Spezialzeitschriften des Judenthums, in welchen die Propaganda systematisch betrieben wird. An der Spitze dieser Bewegung steht die internationale Association israélite. Jede Ernennung eines jüdischen Kreisrichters etc. wird als ein Sieg Israels in die Welt hinausgeblasen. Als in meiner Vaterstadt Hamburg Dr. Gabriel Riesser zum Obergerichtsrath erwählt wurde, betrank sich halb Israel, nicht weil ein Mensch von Geist, sondern ein **Jude** gewählt war. Das war der Dank für unsere freisinnigen Anschauungen. **Das Juden-**

thum hielt den Gegensatz aufrecht!! Und ich rede hier von dem „Reformjudenthum", dessen Haupt Riesser war! Ich habe ja selbst gesagt: Ich neige mich in staunender Bewunderung vor der Zähigkeit, mit welcher ihr an dem Gedanken der Weltherrschaft festhaltet. Verläugnet doch nicht feige diesen Gedanken! Nennt mir doch auch nur eine **einzige Zeitung**, in welcher man, unabhängig vom politischen und kirchlichen Parteistandpunkt die Judenfrage diskutiren kann. Nur eine **einzige**, und ich erkläre mich geschlagen.

Um noch einmal auf Lessing zurückzukommen. — Der jüdische Rechtsanwalt E. Lehmann bezeichnet es als das Hauptverdienst des Dichters, dass er die Macht des biblischen Christenthums zunächst in Deutschland gebrochen habe. (Lessing in seiner Bedeutung für die Juden. Dresden 1879, G. Salomon.) Die jüdische Zeitschrift „Der Israelit" sagt, es sei Lessing's grösster Fehler gewesen, das Judenthum noch nicht als die höchste Stufe erkannt zu haben; vortrefflich habe er dagegen in dem Klosterbruder und in seiner frommen „Beschränktheit" das Christenthum dargestellt.

Ein anderes Bild.

Der deutsch-israelitische Gemeindebund hat den Fürsten Bismarck aufgefordert, den „Jom Kippur" (jüdischen Versöhnungstag) als staatlichen Feiertag anzuerkennen. Kühner als Millionen von Katholiken je aufgetreten sind! 30 Jahre nach der Emancipation!

Der jüdische Stabsarzt Dr. Rosenzweig fordert ein Staatsgesetz, das auch die christliche Bevölkerung aus Sanitätsrücksichten der Beschneidung unterwirft. (Zur Beschneidungsfrage. Schweidnitz, Weigmann 1878.)

Wie! und das Alles sollte uns Germanen nicht um die eigene Existenz besorgt machen? — Habe ich es denn in meiner Schrift nicht unumwunden erklärt:

Es ist ein Kampf um die Existenz, den wir mit dem Judenthum führen, ein Kampf, in welchem wir schon heute auf der ganzen Linie geschlagen sind.

Unsere Vorfahren haben viel gesündigt gegen Euch; noch mehr aber gegen uns. Man hätte Palästina zurückerobern und die Juden in ihr „gelobtes Land" zurückschicken sollen. Das wäre vernünftig und human gewesen. Ihr gehört nach Asien. Dort civilisirt in Eurer Weise. Ich beschönige die Sünden unserer Vorfahren nicht, wie Ihr sie beschönigt bei Eueren Vorfahren. Aber jene Dummköpfe, unsere Vorfahren, glaubten Wunder was zu thun, wenn sie Euch „Hep! Hep!" zurufen. Ein Akrostichon, das Eueren Stolz verletzen sollte: Hierosolima Est Perdita! (Jerusalem ist verloren.) Glaubten Wunder, was zu thun, wenn sie Euch brutal verfolgten.

Aber sagt mir doch in aller Welt, warum denn nur die Juden überall Antipathie fanden? Völker führen Krieg miteinander und schliessen Frieden. Mit dem Judenthum ist noch nie und nirgends ein ehrlicher Frieden geschlossen worden.

Herr Perinhart nennt freilich die Germanen, welche alle Moden und Laster den Franzosen nachäffen, aber selten die guten Seiten des französischen Volkes, die Erbfeinde Frankreichs! Und er zieht hieraus ein hinkendes Gleichniss für die Juden. Nein, Herr Perinhart, beliebt ist der „Juif" in Frankreich auch nicht. Beliebt ist er nie und unter keinem Volke gewesen, auch nicht unter den Muhamedanern. Belehren Sie mich, ich bitte darum, über diese kulturgeschichtliche Erscheinung. Begnügen Sie sich nicht damit, zu sagen, dass die Juden verfolgt worden seien, oder verachtet gewesen sind von allen Völkern, sondern erklären Sie das Warum. Ich kenne in der modernen Zeit nur eine Race, welcher ähnliches widerfährt. Es ist der Neger. Aber der Jude steht denn doch auf einer unendlich höhern Stufe als der Neger. Erklären Sie uns also die generelle Antipathie, welche die Juden bei allen Völkern seit dem grauen Alterthum erregt haben. Reden Sie nicht von individuellen Ausnahmen. Kein Mensch von gesunden 5 Sinnen wird läugnen, dass das Judenthum edle, geistvolle Männer hervorgebracht hat.

Ich bleibe Ihnen auch in diesem Punkte die Antwort nicht schuldig. Sie citiren Börne, Heine und Jakoby.

Gut. Habe ich in meiner Schrift so scharf, so zersetzend gegen das Judenthum geschrieben als es Börne in der Politik gegen uns Deutsche gethan? Habe ich die Juden mit einem Hunde verglichen, der sich zuweilen von der Kette losreisst, aber ein Stück der Kette mitnimmt, woran ihn sein Herr wieder zurückführt? Börne in seinem politischen Fanatismus entdeutschte sich zuletzt wie ein Wahnsinniger zu Gunsten der Franzosen.

Heine. Habe ich so zersetzende, sarkastische Glossen über Israel gemacht, wie es der Jude Heine gethan, ehe er auf dem Sterbelager eine nur matt-ironische Busse that? Aber wir Germanen schrien nicht Zeter, wo diese Männer Recht hatten. Wir bewundern noch heute die Gluth Börne's, den aristophanischen Spott Heine's und lachen des griesgrämigen Philisters, der sie blindlings verdammt.

Jakoby. Hier ist mein Urtheil vielleicht befangen. Er ist mir unsympathisch der Mann, der vom wasserblauen Constitutionellen sich bis zum bequemen socialdemokratischen Polstersessel entwickelte; stets vorsichtig, wahrer Leidenschaft unfähig, ein Mann nach dem Sinne liberaler und demokratischer Philister. „Es ist das Unglück der Könige, dass sie die Wahrheit nicht hören wollen." Hohle Phrase! Es ist das Unglück der Völker ebenso gut, dass sie die Wahrheit nicht hören wollen. — Jakoby war ein Höfling des Volkes, der à tout prix auf der äussersten Linken es sich — bequem machte. Sein eitles Gebahren 1870 fand denn auch verdientermassen fast allgemeine Verurtheilung und seine Rolle war mit seiner zu Tage getretenen Vaterlandslosigkeit ausgespielt.

Uebrigens — vergisst Herr Perinhart, dass der Zenith des Ruhmes der drei angeführten jüdischen Notabilitäten in eine Zeit fällt, in welcher die Judenemancipationsfrage eine der ersten Tagesfragen war. Ich weiss nicht, ob Herr Perinhart jene Zeit mit durchgelebt hat. Aber Thatsache ist, dass die weitaus grösste Mehrzahl der Geister in Deutschland in ihrem Programm die Judenemancipation in die vorderste Reihe stellte. Man kann sagen, diese Epoche datirte von 1830 an und dauerte bis lange nach 1848. Es regnete Leitartikel für die Emancipation, gute und schlechte Romane und Novellen, gute und schlechte Komödien. Nach der Epoche des literarischen Judenschmerzes, wie er noch in Lewald's „Europa" glänzte, kam die Epoche, wo Germanen dem christlich-germanischen Staate zu Leibe gingen, ja, es kam sogar eine Emancipation des Fleisches Periode, eine Art von deutschem St. Simonismus.

3.

Darf ich flüchtig von mir selber reden?

Lange, lange Jahre hat es gedauert, ehe die Hartnäckigkeit meines Charakters sich mit dem Standpunkt befreunden konnte, den ich heute in der Judenfrage einnehme. Genau so, wie Perinhart, argumentirte ich, um die sich mir aufdrängende Ueberzeugung niederzukämpfen, aus der „Regel" stets bemüht, die „Ausnahme" zu machen.

In meiner frühesten Jugend — in der „ABC-Schule" — manchen Knuff, manchen Puff, manches blaue Auge habe ich davon getragen, wenn ich meine jüdischen Mitschüler vor den Hänseleien der christlichen Knaben schützte, wie solche in den 20ger Jahren noch zum „guten Ton" einer lieben Schuljugend gehörten. In spätern Jahren erzwang ich in einer Reihe von Vereinen die Zulassung von Juden, nicht ohne die schwierigsten Kämpfe. Als politischer Schriftsteller habe ich mit Wort und Feder lange vor 1848 für die Judenemancipation gestritten und erst im Jahre 1862 gelangte ich dahin, die Judenfrage anders als von der Seite liberalisirender Oberflächlichkeit aufzufassen, lernte ich Alles, was ich an politischen, sozialen und persönlichen bittern Erfahrungen gemacht hatte am Judenthum, als von diesem untrennbar, begreifen. Ich finde auch theilweise in Perinhart's Schrift gegen mich die Argumente wieder, welche ich selbst in jüngern Jahren für die Judenemancipation geltend machte.

Was wir Alle aber nicht in Betracht gezogen hatten, das war die Raceneigenthümlichkeit der Juden. Bewusst oder unbewusst waren wir Alle „Universalrepublikaner" und huldigten einem abstrakten Kosmopolitismus, der den Neger wie den Chinesen, den Eskimo wie den Feuerländer für qualitativ und quantitativ gleich befähigt hielt, an dem babylonischen Thurmbau der Menschheit den Architekten zu spielen. Wir folgten den kosmopolitisch sich geberdenden jüdischen Schriftstellern willig in der Bespöttelung des Begriffes Vaterland, denn wir waren ja durch die neue Philosophie „Gottmenschen", „menschgewordene Götter" geworden! Den alten Juden kannten wir und schoben, alle seine „Eigenthümlichkeiten" auf den Druck, den er erduldet hatte. Die Entfaltung des freien Judenthums sollten wir erst erfahren.

Was diesem von unsern Abstraktionen für sich vortheilhaft dünkte, wie das Manchesterthum (dessen leidenschaftlichste Vorkämpfer übrigens auch die Juden waren), das hielt es in Ehren, generell aber trat an die Stelle des Idealismus die Freiheit des Industrialismus auf allen Gebieten des öffentlichen Lebens. Das beredte Schweigen Perinhart's über die deutsche Tagespresse, die er mit aller spitzfindigen Dialektik aus den Händen der Juden nicht wegbeweisen könnte, denn sie ist nach der Emancipation im Sturm vom Judenthum erobert und zur industriellen jüdischen Domäne geworden, jenes beredte Schweigen ist bezeichnend.

Nur der offiziösen Presse schenkt er einige Beachtung. Er verdammt dieselbe, aber er sagt, dass unter den Offiziösen sich „zufälligerweise" (sic!) „die meisten Brauchbaren" (!) als Juden „herausgestellt haben."

Concedo! Jeder politische Schriftsteller hat in seinem Leben gewiss schon einmal Fühlung mit dieser oder jener Regierung gehabt. Es ist dies keine Schande, wenn die Ueberzeugung dabei mitspielt. Aber die „Brauchbarkeit" — das ist es eben. Die germanische „tête carrée" ist ein sprödes, hartes Ding. Es geht ihr die Schmiegsamkeit ab, geistig das Sprüchwort „tel maître tel valet" in Ehren zu halten, nämlich generell, denn individuelle Lumpen gibt es überall. Sie erträgt Lakaienbehandlung des eigenen Vortheils willen schwerer und das, verehrter Herr Perinhart, ist der Grund, weshalb die „brauchbaren" Elemente der Offiziösen meistens Juden sind.

Das ist Alles, was Perinhart über die Presse, dieses scharfe Schwert des modernen Judenthums zu sagen für gut findet.

Die Pest der affichirten Reklame, welche fast alle Zeitungen ergriffen hat, ist ein Produkt der jüdischen Journalistik. Klitsch und Klatsch über jedes alte Weib, das auf der Strasse fällt, das „Pickante", auf die niedern Regungen der Menschheit Spekulirende, ist jüdische Erfindung. Das Hinausmanövriren nichtjüdischer Kräfte aus Reih und Glied der Journalistik, das erste Wort, welches das Judenthum in der Presse selbst in unsern kirchlichen Fragen führt, — sind es „Durchschnittsjuden", welche es führen? — Das Alles überspringt Herr Perinhart. Ich könnte ihm Beispiele von Schriftstellern nennen, die sich ganz theilnahmlos der Judenfrage gegenüber verhielten und dennoch verschlossene Thore in der Journalistik finden. Aber ich muss fürchten, die Existenz dieser Collegen dadurch zu schädigen, denn die deutsche Journalistik ist wesentlich ein grosser jüdischer „Rattenkönig" geworden. Sie macht uns mundtodt, brodlos zu Gunsten Israels. Das ist die Regel, die ehrenwerthen Ausnahmen ändern daran Nichts. Die „öffentliche Meinung" ist in Judenhänden, soweit sie „liberal" ist. Beobachten Sie doch, geehrter Herr Perinhart, die jüdische Kameraderie auf den deutschen Redactionsbüreaus, sehen Sie sich dieses industrielle Treiben an, Sie glauben oft überall zu sein, nur nicht unter Germanen! —

Sie nennen dies „brauchbar". Ja, habe ich denn in meiner Schrift: „Der Sieg des Judenthums über das Germanenthum" es nicht deutlich ausgesprochen, dass Israel brauchbarer, talentirter, schlauer, generell — bei aller Nüancirung der Parteien — compacter ist als wir? Sie gestehen es ja selbst ein!

(S. 44,) „In der Natur der Juden liegt es, dass der schwerste Druck sie nicht vernichten, nicht verschwinden machen konnte. Was aber diesem nicht gelingt, das erreicht die Emancipation."

Bitte recht sehr! Was 30 Jahre der Emancipation erreicht haben, das Tonangeben des Judenthums auf allen Gebieten des Lebens, das sehen, hören, lesen und fühlen wir Alle. Vom Abstreifen religiöser Vorurtheile darf hier nicht die Rede sein, wo es sich um die Race handelt, wo die Verschiedenheit „im Blute" liegt.

Wozu also die spitzfindigen Definitionen? — „Der Schuh drückt uns"; er wird nicht bequemer dadurch, dass der Schuster die Schuld auf den Leisten, auf das Leder oder auf den einzelnen Gesellen schiebt.

(S. 44.) „Eine Verschmelzung zweier geistig gleich begabter „Völker tritt nur in der Weise ein, dass Beide geben und Beide nehmen."

Ja, Ihr lieben Leute, in dem „30jährigen Kriege," seit wir Euch die Emancipation gaben, habt Ihr nur zu „nehmen" verstanden für Euch. So zu nehmen, dass der Kampf gegen Euch für uns zu einer Existenzfrage geworden ist.

Aber ich sage ja in meiner Schrift: „Vielleicht sind Euere „Lebensanschauungen die richtigen u. s. w." Ich constatirte überhaupt nur. Freilich! es mag in Mark und Bein gegangen sein, dass ein deutscher Schriftsteller zum „Podbielsky" des Judenthums wurde und den Juden den Triumphatorschatten, den sie werfen, zeigte!

Ich für meine Person und in meinem Alter (58 Jahre!) bin vollständig resignirt. Es ist meine wahrste innigste Ueberzeugung, dass wir Germanen — wenn auch nicht von heute auf morgen — an der Verjudung der Gesellschaft zu Grunde gehen. Mein Schreibtisch enthält Haufen von Zuschriften, welche diese Ueberzeugung theilen und ich will Nichts beschönigen.

Als ich ironischerweise am Schlusse meiner Schrift, dem Drängen heissblütiger jüngerer Collegen nachgebend, eine Aufforderung zur Gründung einer anti-jüdischen Wochenschrift ergehen liess, sah ich das Resultat voraus.

Es wurden mir von verschiedenen Seiten in Summa circa 8000 Thaler zur Verfügung gestellt, aber — in echt deutscher Weise machte jeder Geber sein Amendement. Der Eine wollte eine Vierteljahresschrift, der Andere ein grosses Tageblatt (!), ein Dritter eine anti-jüdische „Gartenlaube", ein Vierter einen „anti-jüdischen Kladderadatsch"; — ich wunderte mich zuletzt, dass man nicht gar ein anti-jüdisches „Kochbuch" in Lieferungen vorschlug. Und jedes „Amendement" wurde mit deutscher Gründlichkeit oft bogenlang motivirt. Selbstredend verzichtete ich darauf, die vielen Köpfe unter einen Hut zu bringen und es bleibt beim Alten; d. h. auf 15 ganz speziell propagandistische jüdische Zeitschriften, können wir nicht eine einzige, nicht einmal „Monatshefte", in's Treffen führen.

Auch dieses „Treffen" hat Israel gewonnen. Das generelle Zusammenhalten macht die Juden stark in dem grossen Werke der systematischen Verjudung der Gesellschaft, die für Israel eine — generelle Nothwendigkeit ist.

„Du begehst einen Selbstmord", schrieb mir unlängst ein Freund, „das kann man mit einem Pistolenschuss bequemer haben."
„Wir sind den Juden längst nicht mehr gewachsen."
„Du wirst es bald genug erfahren, dass Du vereinsamt bleibst!"

Was können wir machen! Der Friede tödtet und, der Krieg hält uns vielleicht über Wasser, so lange wir leben. Wir müssen uns schlagen gegen Israel, das nur „nehmen" will.

Die Judenfrage, verehrter Herr Perinhart, hat aufgehört, eine „ideale" zu sein, sie ist eine Existenzfrage für uns geworden. Für Millionen von Deutschen, zu denen auch ich zähle. Wir können sie nicht „definiren", wie die „Erkaltung der Erdrinde" u. s. w. Wir sind dem Naturgesetz des Selbsterhaltungstriebes unterworfen. Auch wir Schriftsteller, seit der „kapitalistische Geist" des Judenthums die Presse beherrscht und 1 Dutzend inserirender jüdischer Lotteriecollecteure verbieten kann, (?) dass von anti-jüdischen Strömungen Notiz genommen wird!

Auch diese Erfahrungen haben wir gemacht!

So, in diesem Grade demoralisirt ist das Germanenthum durch das Judenthum geworden! —

Doch — es ist ein „Beispiel" und soll nichts „beweisen".

Die Hauptsache, auf welche ich zurückkomme, ist, dass die Tagespresse in jüdischen Händen oder kapitalistisch durch die Juden beeinflusst ist.

Warum lasst Ihr Euch beeinflussen? wird Herr Perinhart fragen.

Weil wir Germanen selber bereits verjudet sind, antwortete ich mit Börne'scher Grobheit. Denn ich beschönige die Fehler meiner Nation nicht, wie Herr Perinhart die Sünden der Juden zu beschönigen sucht.

Zu beschönigen sogar im **Gründerthum!**

Ich habe von dem „socialpolitischen Einbruch" des Judenthums in die Gesellschaft geredet. Herr Perinhart bezieht dies sophistisch speciell auf die jüdischen Bankiers. Er sagt: man höre und urtheile ob die talmudische Spitzfindigkeit weiter zu treiben menschenmöglich ist.

(S. 30.) „**Einbruch** ist eine gewaltsame Handlung." Worin bestehen aber die Verrichtungen der Bankiers?

Wer das Zuchthaus mit den „Aermeln streift", der ist allerdings kein „Einbrecher" im wörtlichen Sinne des Wortes. Das ist „logisch." Es lebe die jüdische Logik!

(S. 30 in der Anmerkung): „Deshalb war selbst die Gründerei „kein Einbruch." O nein, gewiss nicht, sie war ein strafloses Verbrechen. „Wirklich schuldig waren diejenigen, welche das manchesterliche Aktiengesetz ausbeuteten."*)

---

*) Das straflose Spizbubensystem des Gründerwesens besteht in Folgendem:

1) Es ist in seinen Verwaltungsräthen persönlich unverantwortlich. Es haftet weder individuell noch solidarisch für seine Passiva.

2) Es setzt an die Stelle der individuellen Konkurrenz die Collectiv-Konkurrenz und muss daher Alles in so grossartigem Maasstabe betreiben, dass die abstrakte Spekulation, aber absolut nicht der Konsum, die Produktion regelt.

Dadurch ruinirt er die individuelle, solide Arbeit.

Der Strassenräuber, der sein Leben und seine Freiheit wagt, ist in meinen Augen achtungswerther als alle die Gründerpfiffici. Die ganze Anlage eines Gründerunternehmens schädigt daher ab ovo eine Menge gewerbtreibender Individuen; die Kostspieligkeit der Anlage zwingt zur wilden Spekulation und kommt es zum «Krach», so sind nicht nur die Aktionäre geschädigt, sondern die ganze Masse Derer, die gezwungen wurden, aus selbstthätigen, verantwortlichen Gewerbtreibenden Gründertaglöhner zu werden, sind mitruinirt.

Cartouche! Ich ziehe meinen Hut vor dir ab! Du warst ein Ehren

Glagau weist nach, dass dies zu 90 % Juden waren. Beweise Herr Perinhart das Gegentheil.

(S. 30.) Weil die „nichtjüdischen Bankiers" ihren „Beruf nicht ideeller auffassen" als die jüdischen, desshalb sind die jüdischen Bankiers nicht schlechter. — Antwort: auf 99 jüdische Bankiers von Bedeutung kommt erst ein ein nichtjüdischer. Nicht ein einziger aber kann den Vergleich mit den jüdischen Finanzmatadoren auch nur entfernt aushalten. Weil das Judenthum mit seinem Systeme die Welt beherrscht, kann die Minorität christlicher Bankiers gar nicht mehr anders, als in der „Dinte", in die uns das Judenthum gebracht, ebenfalls „schwarz werden". —
Habe ich denn das nicht gesagt? Habe ich nicht erklärt, man kann sich von der Verjudung gar nicht mehr befreien, ohne den ganzen sozialen Bau in Frage zu stellen?

Der verworfene Geist, der das „Streifen des Zuchthauses mit dem Aermel" als Gegensatz von „Einbruch" noch besonders betont, dieser verworfene Geist ist durch das Finanzjudenthum in die Welt gekommen. Also fort mit aller talmudischer Silbenstecherei!

(S. 42.) „Die Gläubiger Oesterreichs sind „aber nicht nur Juden." Wohl lässt der österreichische Staat seine Anlehen auch (sic!) durch jüdische Bankiers verkaufen, aber nicht allein durch diese. Zum sehr grossen Theil sind die Besitzer öster-

---

mann im Vergleich zu unseren «Gründern», obleich diese keine „Einbrecher" sind! Obgleich für dich, mein braver Cartouche, keine verjudete Presse in die Reklamenposaune gestossen hat! — — — denn du «inserirtest» ja deine Einbrüche nicht. «Christlich»-germanischer Staat, wo bist du zu finden?! —

Aber noch mehr. Tritt so ein Spitzbuben- — pardon! ich wollte sagen Gründerkrach — ein, wie 1873, so werden auch die harmlosen Menschen mit in's Verderben gerissen, welche «solide», einen bescheidenen Zins tragende Staatspapiere besitzen, denn Alles, der ganze öffentliche Kredit, wird entwerthet durch die Spitzbuben — wollte sagen Gründer.

Nein, Herr Perinhart, das Gründerthum ist kein «Einbruch»; es ist Millionen Mal nichtswürdiger als wenn mit Dietrichen und Brechinstrumenten gearbeitet wird. Der Modus operandi, den uns jüdische Beredsamkeit in dem «Aktiengesetz» geschaffen hat, ist des Witzes des Teufels würdig. Aber — — er ist kein «Einbruch.» Die «Gründer» sind nicht strafbar, denn sie sind «ehrenwerthe Leute», die Nichts gegen das Gesetz thun. —

«And so are all, all honourable men!»

reichischer Staatsobligationen echte „Germanen", Slaven und Magyaren.

Glorios dummer „deutscher Michel!" Du sollst hier die **Negocianten** der österreichischen Anlehen für **identisch** mit den **Besitzern** der österreichischen Staatspapiere halten! Israel kennt ja deine Dummheit und traut dir diese blödsinnige Auffassung zu. Peccavi! Da bin ich selbst ja auch ein Schuldiger! Ich besass einst österreichische Staatspapiere und habe sie verkauft. Folglich: hat der österreichische Staat auch durch mich seine Anlehen „verkaufen" lassen.

Keine Katze hat 2 Schwänze; **Eine** Katze hat **einen** Schwanz **mehr** als **keine** Katze, folglich: hat die Katze 3 Schwänze! Quod erat demonstrandum.

Wer negocirt aber die Anlehen! Juden, denen das Finanzsystem der Staaten in die Hände gefallen ist. —

Woraus bestehen zu mindestens 90%, die Fondsbörsen? Aus Juden, die das Hazardiren der rechtschaffenen Arbeit vorziehen. Sind wir denn alle taub und blind geworden, dass man uns zumuthet, an Spitzfindigkeiten zu glauben, wie sie Perinhart uns vorführt.

(S. 42.) „Die Ursache der österreichischen Staatsschuld ist das absolutistische System, welches so lange daselbst geherrscht hat. Wenn es heute in Oesterreich übel aussieht" — „übel aussieht!" reizend ausgedrückt! — „so sind die Regierungen Schuld daran, welche so wenig zur Hebung des Nationalwohlstandes gethan haben."

Der Absolutismus brauchte Geld. Wer verschaffte es ihm? Das Finanzjudenthum. Zu Wucherprovisionen, die für das Volk Nichts übrig liessen als Hazardiren mit Fonds, zweifelhaft sichern Zins und die Demoralisation.

Habe ich denn in meiner Schrift nicht gesagt: Israel benutzte die schlechten Leidenschaften Oben, um sich nach Unten hin schadlos zu halten"? Habe ich das wirklich nicht gesagt? Es steht doch S. 12 und 13 im „Sieg des Judenthums über das Germanenthum" gedruckt vor meinen Augen.

„Jüdische Hände" haben Oesterreich an den Rand des Verderbens gebracht durch ihren Finanz-modus-operandi. Die Sophismen des Herrn Perinhart sind Nichts als der misslungene Versuch, diese Thatsache — abzuschwächen, indem sie Negociant und Besitzer von Obligationen für ein und dasselbe ausgeben, Betrüger und Betrogene für identisch erklären. Man sieht, das ganze Buch des Herrn Perinhart ist, — ich glaube, der Lateiner nennt es eine „petitio principii", und was übrig bleibt, ist eine „captatio benevolentiæ" für Schwach- und Dummköpfe.

Ich bin überzeugt, Herr Perinhart glaubt, was er sagt. Es liegt ja auch in der menschlichen Natur, das für gut und recht zu halten, was uns Vortheil bringt. Israel besitzt weitaus die meisten Hypotheken auf den zu Grunde gerichteten Grundbesitz, Christen haben aber auch Hypotheken, folglich ist Alles in der Ordnung.

Rothschild und Konsorten haben das ganze Finanzsystem an sich gerissen, christliche Bankiers erwischen hie und da auch einen Brosamen davon, das Publikum betheiligt sich an dem Schwindel, folglich sind Rothschild und Konsorten „engelsrein".

— Das Alles „beweist" die tödtende Buchstabenklauberei, das „Talmi" der goldenen Logik.

Ja! unsere Staaten, unsere Gesellschaft sind so verjudet, dass sie ohne den jüdischen Geist der Agiotage nicht existiren zu können glauben. Die jüdische Kameraderie, das „Mischpochenthum" hat uns alle zu Hörigen des Judenthums gemacht. Im Handel, im Gewerbe, in der Presse, allüberall, und ich sage es Euch rund heraus und frei und offen: auch ich schlage mich um die Existenz mit dem Judenthum in meinem Berufe.

Ist das deutlich? —

Die Judenfrage ist die wahre „sociale Frage" unserer Zeit.

Und hier komme ich auf eine andere spitzfindige Silbenstecherei des Herrn Perinhart.

(S. 35.) „Wenn Herr Marr die Socialdemokratie als Protest „gegen die realistische Verjudung der Gesellschaft auffasst" u. s. w. —

Pardon! ich habe gesagt als einen „unbewussten" Protest.

(S. 35.) „Klagt aber Herr Marr, selbst in die socialistischen Reihen habe sich das Judenthum eingedrängt und fügt er hinzu: wie ja auch der Stifter der deutschen Socialdemokratie, Lassalle, ein Semit war, so muss ich einfach auf den innern Widerspruch aufmerksam machen, den Herr Marx begeht. — Ein Protest gegen das Judenthum, veranlasst von einem „Semiten", einem Manne, der, seiner Natur nach, „jüdische" Interessen zuvörderst vertreten müsste."

Wieder der Beweis, „dass die Katze drei Schwänze hat!"
Ich sagte: Das Judenthum habe sich in die Socialdemokratie eingedrängt. Lassalle „war auch ein Jude", als „Stifter" konnte er sich nicht in noch nicht Existirendes eindrängen, er war nur eine typische Erscheinung, Herr Perinhart eskamotirt und identifizirt hier wieder das Individuum von und mit der Gattung. „Michel"´muss dumm genug sein, um an meinen „innern Widerspruch" zu glauben.
Lassalle repräsentirt in den Augen jedes Verständigen nur den Typus der jüdischen Grossmannssucht. Das „Judenthum", das sich in die Socialdemokratie „eingedrängt" hat, datirt später. Wo in aller Welt ist da nun ein „innerer Widerspruch?!" — Was habe ich denn Anderes beweisen wollen, beweisen können, als dass Israel´ sich überall eindrängt, um zu „fischen"! Die Socialdemokratie hätte nolens volens dem realistischen Judenthum sich feindlich entwickeln müssen. Husch! eilten die Juden herbei, um es zu hindern, und so sehen wir heute — riseum teneatis! — die deutsche Socialdemokratie — manchesterlich auftreten!!
Halt! das „Manchesterthum" ist nach Herrn Perinhart eine englische, also „germanische" Erfindung.
Ja! wie der „österreichische Despotismus".
Aber was wären Beide ohne das Judenthum?!
Nichts.
Und das ist ja der Tenor meiner Schrift, Alles, Alles beutet Israels Geist zu seinem Spezialvortheil aus. Mich wundert nur, dass es noch nicht bei der Wahl eines römischen Papstes mitzuwirken verlangt. Bleiben Sie auf der Mensur, verehrter Herr Perinhart.
Was geschah denn nach der „bürgerlichen Gleichstellung", nach welcher ihr gejammert habt? Welches Kontingent hat das Judenthum zum Militär, zum Seewesen, zum Bergbau, zum Ackerbau, zum Handwerk u. s. w. gestellt? — Es hat den **Schacher** omnipotent gemacht. Es drückte der Arbeit den Schachergeist auf. Es **spekulirte** mit der Arbeit in tausendfach vergrössertem Massstabe als zuvor und hat die Arbeit zu Grunde gerichtet. Nicht der Drang, an unserer Arbeit Theil zu nehmen, sondern dieselbe spekulativ auszunutzen, das war der Sinn der gewünschten „bürgerlichen Gleichstellung". Das Hereinfluthen des Judenthums in die grossen Städte (z. B. Wien hatte vor nicht ganz 100 Jahren 700 Juden, heute 75,000), wuchs in

erschreckender Weise. Und doch stand die Welt Euch offen, und doch konntet Ihr jeden Beruf ergreifen. Aber Ihr wolltet nicht. Den spekulativen Ausbeutungsschacher von seinen Schranken befreien, das war der Sinn Eurer Emancipationssehnsucht, an welcher übrigens Eure vormärzlichen Finanzbarone wenig Antheil nahmen!! Denn in Geldsachen kennt der Jude auch unter Seinesgleichen keinen Idealismus. Jüdischer Idealismus findet sich nur unter den von Euch bespöttelten orthodoxen Juden. Das sind wenigstens ganze Menschen, die starr und fest am Alten hängen und sich uns weniger aufdrängen. Seltsam! als ich vor 15 Jahren den „Judenspiegel" schrieb, waren es grade die „Reformjuden", welche am lautesten gegen mich schrieen. Meine Schrift „Der Sieg des Judenthums etc." ist ein **Germanenspiegel**. Es ist unmöglich, dass ein Schriftsteller seiner eigenen Nation derber die Wahrheit sagen kann, als ich es gethan. Und wieder sind es die „Reformjuden", die sich getroffen fühlen! Das Schinken essende Israel!

Natürlich, denn die Judenfrage ist ja keine religiöse, sie ist eine rein materielle Frage, eine sociale Frage. Um die bürgerliche „Gleichstellung" habt ihr Euch verdammt wenig bekümmert: die Schranken, welche die Nichtgleichstellung eurem Spekulationsgeiste zog, diese und nur diese habt ihr durchbrochen. Es war euch vor der Emanzipation nicht möglich, das Handwerk zum Industriesclaven, nicht möglich, die Presse so zu dominiren mit Eurem Gelde, wie Ihr es thut. Ihr wolltet aus schachernden Detaillisten Grossisten werden. Und das ist euch gelungen. Ihr schlagt den deutschen Michel an Schlauheit und berechnendem Verstand überall. Herr Perinhart hat ganz recht, wenn er, wie ich bereits angeführt habe, (Seite 44) sagt: „In der **Natur** der „Juden liegt es, dass sie der schwerste Druck nicht vernichten, „nicht verschwinden machen kann." Die „Emancipation" hat diese „Natur" nur verstärkt, nahezu allmächtig in der Gesellschaft an Einfluss gemacht. Der Jude vierten Ranges dominirt den Germanen vierten Ranges und so fort bis zum ersten Rang! Das ist die Thatsache, die Jeder sehen kann, der nicht stockblind ist! Und gegen diese Thatsache hilft alle spitzfindige Dialektik nichts, sind alle Begriffsverschiebungen von Individuellem und Generellem überflüssig. — Der politische Parteistandpunkt der einzelnen Juden mag noch so verschieden sein, immer nützen sie ihn typisch-jüdisch aus, immer ist ihnen die Partei nur Objekt der Selbstsucht, immer herrscht innerhalb der resp. Partei die spezifisch-jüdische Kameraderie.

„Kein Vorwurf desshalb dem Judenthum", wiederhole ich auch hier. Es liegt in der Race, im Blute, wie es von jeher, seit dem grauen Alterthum darin gelegen hat. Der Jude kann nicht rückhaltlos hingebend an uns sein.

Eben so ist das „laute Sichbemerkbarmachen" (S. 43) nicht erst aus der modernen Zeit datirend. Das „Sichvordrängen" ist eine Spezialität des „auserwählten Volkes". Es war in der haute finance des Judenthums vor der Emancipation kaum minder stark als nach derselben.

Dass die Presse numerisch erschreckend unverhältnissmässig in Judenhänden ist, wagt Herr Perinhart nicht zu läugnen. Nun wohl denn! mit welchem Recht greift Ihr in unsere kirchlichen Streitigkeiten ein, wo Ihr so empfindlich seid, wenn wir das Judenthum kritisiren? Ich nenne das jüdische Frechheit und Unverschämtheit.

Ihr habt dem Erwerbstheil der Presse eine Richtung gegeben, die uns Andern keine Wahl lässt, als zu verhungern, oder Euch auf Euren Industriewegen des höhern und modernen Klatsches zu folgen. Euch ist Alles Waare! —

Kommt doch her und macht eine Statistik nur — der Theaterrecensenten; ⁹/₁₀ mindestens Juden. Soll ich mit Beispielen kämpfen und die Corruption auf diesem Gebiete schildern? — Soll ich diese semitischen Theaterwanzen portraitiren, welche den Mund voll Lessing haben und die Seele voll „Schmock"? Soll ich bei einer Reihe mir bekannter Journale — ich selbst bin ja kein Theaterrecensent! — die Intriguen semitischer Literaten schildern, um germanische Kollegen aus dieser Branche zu Gunsten von Semiten zu verdrängen? Ihr waret seit Urzeiten, Ihr seid und Ihr werdet stets sein etwas Besonderes. Das Verschmelzungstalent ist Euch von der „Natur" versagt worden. Mit der Usurpirung des Tonangebens in der Presse seid Ihr allmächtig geworden und habt die Presse zu einer ganz gemeinen Spekulationswaare gemacht. Auf diesem Gebiete bin ich Euch gewachsen, denn es hat noch Niemand die Stirn gehabt, zu behaupten, ich zählte nicht zu den „befähigtsten Publizisten". Ich habe die Beweise des Gegentheils schwarz auf weiss, selbst von Juden. Aber ich und unzählige Andere sind von Euch aus der deutschen Journalistik hinausmanöverirt zu Gunsten der Nachkommen Sems. Und derselbe jüdische Industrialismus trifft den Handwerker, den Kaufmann, trifft alle Stände. Dieselbe exclusive Kameraderie herrscht bei dem Theater. Der jüdische Komödiant ist des Weihrauchs der Presse sicher. Der jüdische Direktor hat das ganze Recensentenvolk an der Leine und die „Christenhatz" ist bereits eine Thatsache geworden.

Lernt von den Juden das generelle Zusammenhalten, Ihr deutschen Michel! Trotz aller Parteiunterschiede steht Israel wie ein Mann da, wenn es der Exklusivität des Judenthums gilt.

Ihr habt es in mir mit keinem „Reaktionär" zu thun, mit dem Euer „zelotisches Gemauschel" leichtes Spiel haben mag, sondern mit einem Mann, der den Muth hat, selbst dem — geistig von ihm hochverehrten Fürsten Bismarck, den die jüdische Selbstsucht heute anfeindet — die Wahrheit in's Gesicht zu sagen, dass er, der Fürst, die Hauptschuld trägt an den Riesenfortschritten, welche die Verjudung seit 1866 und noch mehr seit 1870 in Deutschland gemacht hat. An die Rockschösse der Erfolge des grossen Staatsmannes habt Ihr Euch wie Parasiten genistet, nachdem Ihr ihn vor 1866 giftig angefeindet habt und ihn jetzt wieder anfeindet, wo er Euere Spekulationen durchkreuzt!!

Beruhigen Sie sich, Durchlaucht, Ihre heilsame Wirthschaftspolitik zur vollendeten Thatsache geworden, zum Erfolge, und das Judenthum wird wieder in erster Reihe stehen, um Ihnen die Füsse zu lecken, damit auch in der neuen wirthschaftlichen Aera Israel das Fett von der Suppe schöpfen kann.

Ich weiss es, ein Staatsmann kann nicht immer wählerisch sein und ich kenne die Schwierigkeiten, mit denen Fürst Bismarck zu kämpfen hat. — — Aber dennoch war die Protektion des Judenthums ein Fehler. Ein Alliirter, der sich weder die Haut, noch das Portemonnaie ritzt!! — Ein Alliirter, der den deutschen Liberalismus vollends demoralisirte.

Nicht wahr Herr Bamberger, nicht wahr Herr von Bennigsen, Sie haben keine materiellen Verluste beim neuen deutschen Reich als Opfer gebracht? —

Herr Perinhart nennt es an einer andern Stelle bemerkenswerth, dass die Nachkommen der „adeligen Räuber" am lautesten uber den Realismus des Judenthums schreien.

Freilich! der Theil des degenerirten Adels, der das Wort „Noblesse oblige" in den Wind schlagen und unter die Gründer gehen konnte, wird nicht über die Verjudung schreien. Aber à tout

Seigneur tout honneur! Der Theil der „Junker", der gegen die Verjudung im 19. Jahrhundert auftritt, ist **ehrenhaft** und ob seine Vorfahren im 14. oder 15. Jahrhundert zehn Mal den „Landfrieden" gebrochen hätten. Das ist meine Antwort auf die wohlfeile Verdächtigung des judenfreundlichen deutschen Adels, der u. A. in seinen Vorfahren auch — das Feudalsystem des pharaonischen jüdischen Reichskanzlers Joseph übte.

Den Hut ab vor diesen Cavalieren! gleichviel welcher Confession, welcher Partei sie angehören. Den Hut ab vor den westphälischen, pommerschen, mecklenburgischen Rittern, die nicht verjuden wollen, ohne deshalb wieder zu „Raubrittern" zu werden.

Und wenn uns noch Etwas helfen kann, so ist es gerade der Adel, auf den wir unsere letzte Hoffnung setzen.

Woher kommt es denn, dass wir, die einstigen „Radikalen", das, was das verjudete „liberale" Deutschland Reaktion nennt, froh begrüssen? Woher kommt es, dass Schriftsteller, wie ich, es offen aussprechen: Lieber den Krummstab von Rom als den 7-armigen Leuchter von Jerusalem!? —

Ich will es Ihnen sagen, geehrter Herr Perinhart, weil Rom doch noch den Idealismus repräsentirt. Die Macht des Geistes über die Materie.

Wie zu Gregors VII. Zeiten. —

Ja wohl! denn dieser vielgeschmähte Papst — Sie werden mir zugeben, Herr Perinhart, dass ich nicht mit „nach Canossa" gehe! — repräsentirte den **Geist** des unabhäugig sein wollenden Italiens gegenüber der roh materiellen Gewalt. —

Die Verzweiflung an unserm verjudeten Vaterlande, die „Noth", welche „beten" lehrt, treibt zuletzt noch die Intelligenz in's Lager der „Ultramontanen". Nicht als „Gläubige"; — als „Hülfesuchende".

Wir finden dort mehr Ehrlichkeit, mehr Kraft der Ueberlegung. Voilà tout! Der geistige und materielle Despotismus des Judenthums ist nicht mehr zu ertragen.

Wer uns hilft aus dem Verderben, der hat uns. Sei es Rom oder St. Petersburg.

Ist das deutlich?

Es vollzieht sich in der Welt eine grossartige Parteiverschiebung. Die alten Parteien sind todt. Was noch vor 10 Jahren „Reaktion" war, ist heute menschheitlicher Fortschritt. Die

Confusion, der Wortschwall der Parteien hört auf. Das Drohen mit der Ruthe der Parteiprogramme schreckt nicht **Männer** mehr.

Doch — — tröstet Euch! **Sieger** werdet Ihr Juden trotz alledem schliesslich bleiben. Ihr beherrscht die **Presse** und damit die „öffentliche Meinung", und wir sind „**mundtodt**" gemacht. Und weil Ihr „**brauchbarer**" seid als wir Germanen, so beherrscht Ihr indirect selbst die **Regierungspresse** als Officiöse.

(S. 44.) „Die Horde Tschingiskhans konnte wohl ihre **Eigenart** verlieren und in die Chinesen aufgehen, ohne eine Spur zu hinterlassen. Wurde aber durch sie die **Kultur** in China gehoben?"

Wieder ein kostbares Sophisma! Die „**Eigenart**" Juda's hat sich **bewährt** und — — das **christliche Proletariat** vermehrt sich in furchtbarster Weise im **verjudeten Deutschland**. — Ist das Kultur, dann lieber mit den Bären in den Wäldern leben! Die **jüdische Kultur** das ist der **gesellschaftliche Untergang**, zu Gunsten der „**Eigenart**" Israels! Diese Eure „**Eigenart**" wollt Ihr uns aufdrängen, habt sie uns schon aufgedrängt. Unter dieser Eurer „**Eigenart**" seufzen wir Germanen. Diese „**Eigenart**" besteht darin, dass Ihr Alles an Euch zu reissen versteht.

Sie sehen, Herr Perinhart, ich acceptire auch dieses Schlagwort. Aber gehen wir in der Geschichte noch einen Schritt weiter. Die Tartaren gingen auf in die Chinesen. Der **Stillstand** trat bei dieser Verschmelzung vollends ein. Facit: es ist immer besser, wenn jede Nationalität für sich bleibt. Was ich speziell beweisen wollte, war nur, dass die Juden nicht in andere Nationen aufgehen **können**; dass ihre „**Eigenart**" ihnen höher steht als Alles Andere.

Bei uns in Deutschland herrscht „Fortschritt". Jawohl! Aber ein Fortschritt bei dem die **deutsche Nation für Israel's** Fortschritt zu Grunde geht. Der **jüdische Fortschritt** herrscht bei uns. Die Arbeitskraft der Germanen geht rückwärts.

Wie dem nun aber auch sei, — Sie, Herr Perinhart, haben mich in der **Form**, trotz allen Sophismen, **anständig** behandelt und mein letztes Wort will ich Ihnen nicht schuldig bleiben. Es ist ja auch nur ein Pium desiderium. Die verjudete germanische Welt mag mich darob verdammen und verspotten. Ich will es aussprechen, dieses letzte Wort. Was wage ich auch dabei! Mir hat die Verjudung so ziemlich Alles geraubt. Dem Grabe zu 7/8 näher als der Wiege, was habe ich noch von der jüdischen Rachsucht zu fürchten? — Euren Sieg habe ich eingestanden. Lasst mich den Traum träumen, wie dieser Sieg Euch wieder entrissen werden könnte, wenn Deutschland nicht — — Deutschland wäre, nicht das indolente Michelland par excellence. —

4.

Es ist hier der Ort, Herrn Perinhart auf seine (S. 12 u. 13) aufgeworfene Frage Antwort zu stehen.

Ich habe die gewaltsame Zerstreuung der Juden über das Abendland einen „grossen politischen Fehler" genannt und bin auch jetzt noch dieser Ansicht. Was wäre z. B. daraus entstanden wenn die Deutschen im Kriege von 1870/71 Paris zerstört und nach der Zerstörung seine 2 Millionen Einwohner in die permanente Festhaltung nach Deutschland geführt hätten?

Difficile satyram non scribere.

Meine verehrten deutschen Landsleute, welche schon jetzt in allen Monstruositäten die Affen der Pariser sind, würden noch vieltausendfach mehr von diesen Monstruositäten inficirt worden sein, als dies gegen Ende des vorigen Jahrhunderts durch die Emigranten des legitimen französischen Königthums geschehen war. Denn es ist eine traurige Wahrheit, dass die menschliche Natur leichter das Schlechte nachäfft als das Gute. Einen Volksstamm von seinem Boden reissen thut nie gut. Palmen degeneriren in Kartoffelerde und Kartoffeln müssen in tropischer Palmenerde alle Jahre neu gesäet werden, sonst degeneriren sie auch.

Der grosse politische Fehler des Alterthums bestand also darin, dass es für die Juden eine permanente relative Kriegsgefangenschaft einzuführen versuchte, ohne jedoch das „Kriegsrecht der Strenge", wie ich mich ausdrückte, auszuüben. Dieses „Kriegsrecht der Strenge" hätte nach den barbarischen Sitten des cäsarischen Roms nur in der Sclaverei, in der Leibeigenschaft bestehen können; eine Prozedur, nach humanen Begriffen unserer Zeit, grausamer Art.

Herr Perinhart richtet also die berechtigte Frage an mich, was ich unter dem „Kriegsrecht der Strenge" verstehe.

Ich antworte: Einmal dislocirt von ihrer Heimath, konnten

die Juden sich beklagen, dass man ihnen die Ausübung des bürgerlichen **Erwerbs** erschwerte und dadurch ihr angebornes Schachertalent noch mehr ausbildete. Man konnte sie also, wie man sie zwang, diesen und jenen Erwerb **nicht** zu betreiben, zwingen, dem Ackerbau nicht den Rücken zu kehren. Man konnte ihnen **Ländereien** zum Urbarmachen anweisen, ohne geradezu **jüdische Kolonien**, wie in den grossen Städten, erstehen und mächtig werden zu lassen. Die gesunde Feldarbeit hätte jedenfalls den Juden besser geistig akklimatisirt als der Jahrmarkt der Städte und was sie geschaffen hätten, wäre von **Dauer** gewesen. Hätten sie auf diesem Gebiet so **excellirt**, wie auf den Gebieten des Schachers und Wuchers, es würde vielleicht ein **Segen** für die Allgemeinheit gewesen sein.

Wenn es nun **wahr** ist, dass **Brutus** ein „Wucherer" war, dass die römischen **christlichen Kirchenfürsten** Wucher trieben, so ist es ein sonderbarer Blödsinn gewesen, dass man nach Herr Perinhart die Juden **zwang**, gerade an dieser **hocharistokratischen** Erwerbsthätigkeit Theil zu nehmen und der **religiöse** Eifer der **kirchlichen** Aristokratie erschien sehr zweifelhaft — — — —. Der echte Jude müsste sagen: aus purem **Wucherkonkurrenzneid** hat uns der Klerus verfolgt nach Constantins Zeiten.

Der erste grosse politische Fehler, die Zerstörung Jerusalems durch Titus war an dem Abendlande begangen worden.

Der zweite Fehler die Wegführung der Juden in's Abendland ebenfalls.

Der dritte Fehler, dass man sie gerade zu **der Arbeit** nicht zwang, welche **ihnen** und der **Allgemeinheit** Nutzen bringen konnte, zum Landbau, drückte den beiden ersten Fehlern den Stempel des Unverstandes auf.

Den vierten grossen politischen Fehler beging das Zeitalter der „**satten Tugend und zahlungsfähigen Moral**", vulgo „Zeitalter der Humanität", indem es den Juden **politische Rechte** einräumte, sie an der Gesetzgebung, Justiz und Verwaltung im christlichen Staate Theil nehmen liess. Der kapitalistische Geist hatte die Juden längst mächtig gemacht. Als Opfer der Fehler des Abendlandes war es also ihr „**Naturrecht**", von ihren politischen Rechten Gebrauch zu machen so weit es irgend möglich ist. Ich brauche nicht zu wiederholen, wie **verdrängend** Israel seit 30 Jahren auf allen Gebieten des Lebens gewirkt hat durch sein typisches Zusammenhalten. Mögen germanische **Handwerker**, germanische **Kaufleute**, germanische **Kleinbürger** das Wort in der Judenfrage ergreifen und mich **ergänzen**, um den „**Segen**" (!) zu schildern, den die Judenemancipation der deutschen Welt gebracht hat! —

Wenn es ihnen nicht bereits an **Muth** dazu fehlt. — — — Denn es gehört im Jahr 1879 eine tüchtige Portion Courage dazu, das **Judenthum** einer Kritik zu unterziehen. Der christliche Pöbel hat **Lessing nicht** gesteinigt, als er in seinem „**Nathan**" die **Anschauungen der ganzen abendländischen Welt brüskirte**. — Der christliche deutsche Pöbel hat sich von **Börne** die derbsten Grobheiten sagen lassen und das **Wahre** von ihm beherzigt.

Auf welcher Seite ist also die **geistige Toleranz**? Auf **feiges niederträchtiges Todtschweigen** stritten Lessing wie Börne in der Presse ebenso wenig. Wo sie bekämpft wurden, geschah es so offen, wie — ausnahmsweise — Herr Perinhart mich zu bekämpfen sucht. Solche Gegner kann man **achten**. Die **Allgemeinheit** der jüdischen Gefechtsweise ist dagegen feige und erbärmlich. Nachdem ich nun die grossen politischen Fehler des Abendlandes eingestanden, nachdem ich in meiner Schrift „**der Sieg des Judenthums über das Germanenthum**" wiederholt auf's Rücksichtsloseste die brutalen Folgen jener Fehler, die Judenhetzen verdammt habe, kann es sich nur darum handeln, **ob wir die Fehler der Vergangenheit wieder gut machen wollen, oder nicht**. —

Nicht von heute auf morgen, denn das ist unmöglich.

Der erste Schritt der **Germanenemancipation** ist, dass wir grundsätzlich keinen Juden zum **Gesetzgeber, Richter** und **Verwalter** unseres deutschen Staates wählen. Ich betrachte dies als eine **Prinzipienfrage**, bei welcher weder persönliche Freundschaften, noch Feindschaften in's Gewicht fallen dürfen. Bei **jüdischen** Gemeindeinstitutionen zahlt der Germane nicht, bei **germanischen** bleiben die Juden aus dem Spiel.

Ich gebe mich nicht der Täuschung hin, dass der „christlichgermanische" Staat officiell die sittliche Kraft zu dieser **Umkehr** der Politik besitzt. Die moderne Staatskunst hat ja den sonderbaren Grundsatz inaugurirt: „**Die Politik kennt kein Gestern und Morgen; sie kennt nur ein Heute**". — Die Selbsthülfe des deutschen Volkes ist also hier geboten und gesetzlich nicht verboten.

Zu dieser Prämisse hat sich daher eine „**anti-jüdische Vereinigung**" zu bilden, welche von ihrem Wahlrecht einen streng deutschen Gebrauch macht. Wollt oder könnt Ihr das nicht, so beklagt Euch nicht weiter über die „Verjudung der Gesellschaft", sondern duldet, wo Ihr nicht ändern wollt oder nicht ändern könnt. Gebt Euch auch nicht die lächerliche Blösse, dass Ihr unsere anti-jüdischen Schriften massenhaft kauft und heimlich gierig verschlingt. Wir, die wir unsere eigene Existenz in diesem Kampfe um ein grosses Nationalitätsprincip in die Schanze schlagen, verachten solche nichtsbedeutenden Zeichen von „Sympathien!" — Das kleine Fähnlein deutscher Männer, welches in diesen Kampf gegangen ist, will nicht, wie „Kunststückmacher" angesehen sein, die den hohen und niedern Pöbel nur amüsiren. Es kostet Euch ja „keinen Groschen", den Ihr dem Bierconsum zu entziehen braucht. Es ist ein **Veto** gegen die Verjudung, das Ihr ohne Furcht vor der „Polizei", ohne Euch materiell zu schädigen, einlegen könnet. Es „erfährt es ja Niemand!"

Traurig, dass wir eine solche Sprache zu unserm deutschen Volke reden müssen!

Machen wir von unserm Wahlrecht einen deutsch-nationalen und keinen abstrakt kosmopolitischen Gebrauch, gegenüber einer wohlorganisirten jüdischen Propaganda, welche ein beleidigendes Triumphgeschrei bei jedem neuen jüdischen Kreisrichter u. s. w. ausstösst. Zuverlässig setzen wir dadurch auch der verjudeten politischen Tagespresse einen heilsamen Dämpfer auf. Denn diese Presse ist zwar frech, aber sie ist auch feige. Merke dir vorläufig, deutsches Volk, dass die **liberalen Hauptorgane**, aus denen du deine politische „Belehrung" schöpfest, **jüdisches Eigenthum**, von **Juden massgebend** geleitet sind, dass sie absolut Nichts sind als jüdische pressindustrielle Etablissements, Factoreien. Merke dir ferner, das die officiösen „Horribiliscribrifaxe", wie Herr Perinhart selbst zugab, aus „**brauchbaren**" **Juden** bestehen und ziehe eine sittliche Schranke, — die dich nicht den Werth eines Seidel Bieres „kostet"! — gegen die Verjudung.

Weiter kann die deutsche Nation als solche Nichts thun. Ihr zuzumuthen, dass sie zur Aufklärung der öffentlichen Meinung, dem jüdischen Kapitalismus den germanischen gegenüberstelle, der jüdischen Energie die germanische, der jüdischen generellen Einheit die germanische, die sich in der grossen Prinzipienfrage nicht in doktrinäre Fraktionen zersplittert, — das könnten nur Ideologen wagen! Dazu ist unser Vaterland bereits quantitativ zu verjudet.

Ich nehme hier Anlass, auch ehrenwerthen germanischen Männern zu antworten, die meine Schrift ihrer „Confessionslosigkeit" wegen getadelt haben, wie u. A. dem Herrn Professor Dr. Messner, dem Redakteur der „Neuen evangelischen Kirchenzeitung" in Berlin. Um gelesen zu werden, musste ich im verjudeten Deutschland die Religion und Confession aus dem Spiele lassen. Aber ich werfe als ehrlicher Mann ehrlichen Männern gegenüber die Frage auf:

Was war es denn, das uns dem Christenthum und der christlichen Kirche entfremdete? Welches war der Ausgangspunkt, der instinktive Ausgangspunkt unserer philosophisch „freigeistigen" Jugend? Seien Sie gerecht und billig, meine Herren Theologen. Es war die thatsächliche Leistungsunfähigkeit der christlichen Kirche im socialpolitischen Leben, die stolze Entfremdung derselben vom realen Leben. Die christliche Kirche war in ihrer Weise genau eben so „abstrakt", wie wir in der unserigen. — Erst in neuerer Zeit scheint dies aufzuhören und gleichzeitig verstummen die Angriffe der Philosophie gegen die Kirche immer mehr.

„Was ist Wahrheit?" — Ich weiss, dass ich nichts weiss! — Zu dieser Erkenntniss ist die „Freigeisterei" durch sich selbst in ihrer logischen Entwickelung gelangt. Ich hielt es für Anmassung, wollte ich einen confessionellen Standpunkt einnehmen, wo mein ganzes Sinnen nur darauf gerichtet war, die antijüdischen Elemente auf den Punkt zu vereinigen, wo sie sich unter einander nicht zu befehden brauchten. Gewiss, nicht aus philosophischem Hochmuth geschah es!

Seien Sie überzeugt, meine Herren, wenn die christliche Kirche vorangeht im christlich-germanischen Geiste, wenn sie selber aufhört, ein „Abstraktum" zu sein, — wir folgen ihr. „Der Buchstabe tödtet, der Geist macht lebendig." — Der „Buchstabe" hat uns einander entfremdet; der Geist kann uns wieder vereinigen.

Lassen Sie uns einstweilen nebeneinander kämpfen in diesem

Kulturkampfe. Die Zeit wird kommen, wo die Welt am krassen Realismus, den uns die Verjudung gebracht hat, verzweifelt und die Welt wird dann sicher nicht zu unserer aristokratisch-philosophischen, sondern zur demokratischen Gemüths- und Gefühlsfahne der christlichen Kirche schwören. So wenigstens erscheinen mir die kulturgeschichtlichen Symptome unserer Zeit. Ein materielles Interesse, dass das Christenthum zu Boden geworfen wird, hat nur Israel.

Nun, meine Herren, ich sollte denken, damit ist der modus vivendi in der Judenfrage gefunden.

Aber geben Sie sich nicht der Täuschung hin, auf dem Wege der christlichen Lehre eine innere Mission am Judenthum vollziehen zu können und die „Eigenart" der Juden aufzuheben. Als ich noch in den Illusionen der Demokratie befangen war, verlangte ich in meinem „Judenspiegel", der Jude sollte durch den, wenn auch nur äusserlichen, Uebertritt zum Christenthum die Brücke zu seiner Vergangenheit abbrechen und, ein konsequenter Freigeist, erblickte ich in der — „Racenkreuzung" das Einigungs- und Verschmelzungsmittel. Denn ich nannte das Judenthum drastisch, wenn auch sehr unästhetisch, ein „theokratisches Gestüt" und leitete die physischen „Eigenarten" der Juden sogar aus der nuptialen Ausschliesslichkeit der Juden ab.

Ich habe aber folgende Beobachtung gemacht. Im Alterthum mordeten die Juden den männlichen Theil ihrer Feinde sehr häufig und begatteten sich mit den Töchtern derselben. Die „Mischehe" hat in humanerer Weise kein anderes Resultat gehabt, als dass hin und wieder Germanen sich mit Semitinnen verehelichen, höchst selten aber Semiten bei Germaninnen eheliche Erhörung finden. Das jüdische Weib ist — wie auch die biblische Geschichte scharf betont, — weniger spröde als das Weib anderer Völker. Im Abendlande widersteht also das Weib meiner „Racenverschmelzungstheorie" und dass die männlichen Juden heute nicht mehr nöthig haben, par force zu handeln, wie bei ihrem Zuge durch die Wüste und gelegentlich einen blutigen „Raub der Sabinerinnen" in Scene zu setzen, liegt auf der Hand. Meine Verschmelzungstheorie, zu welcher die Taufe als Steg dienen sollte, machte daher gebührendermassen Fiasko. Die „Eigenart" Israels und die „Eigenart" des germanischen Weibes liess sie — ungezwungen — generell nicht zu.

Möglich, — ich will das zugeben, — dass nach Jahrtausenden dieser Gegensatz naturalistischer Art verschwinden könnte;

aber fraglich, ob alsdann die jüdische „Eigenart" die unsere nicht längst zu Sclaven in des Wortes Vollbedeutung gemacht haben würde! Verhehlen wir es uns daher nicht, es ist ein Ringen zweier verschiedener Racen miteinander. Der Philosoph mag den Racenkampf verdammen. Es ist diese Verdammung Nichts anderes, als wenn man den uns unangenehmen vulkanischen und neptunischen Entwickelungsprozess unserer Erde verdammen wollte, weil er lokale Verwüstungen anrichtet, und Götter sind wir Menschen nicht, dass wir uns den Naturgesetzen, so unbegreiflich sie auch unsern Philosophen erscheinen mögen, entziehen könnten. Aber wie die Erdrinde erkaltet, so sind unsere menschlichen vulkanischen Leidenschaften milder geworden und man lässt keine ganzen Völker mehr über die Klinge springen, wie dies z. B. die Juden im Alterthum gethan.

Das Abendland hat an den Juden ein schweres Unrecht begangen, indem es sie definitiv ihrer Heimath, ihrem Vaterlande entriss. Dieses Unrecht, dieser grosse politische Fehler hat sich verdientermassen gerächt, indem uns das Judenthum über den Kopf gewachsen und sein tonangebender Einfluss in erschreckender Progression zunimmt. Auch wird uns Israel nicht für so dumm halten, um einzelner Ausnahmsjuden zu Liebe zu glauben, dass das generelle Gedächtniss des Judenthums so schwach wäre, um den Kriegspfad seiner Eroberung nicht weiter zu wandeln! Es muss es, es ist dazu gezwungen durch die immer und immer wieder aufs Neue hervorbrechende Empörung gegen die Verjudung der Gesellschaft. Denn war nicht jedes Auflehnen gegen das Judenthum eine Empörunng gegen einen Aktus der Weltgeschichte? Bin ich selbst nicht, so objektiv ich mich bemühe zu schreiben, ein „Rebell" gegen den Staatsstreich des Titus und seine historischen Folgen? Ich war ein „Rebell" als ich für die Judenemancipation Wort und Feder führte und bin es heute, wo ich gegen dieselbe auftrete. Denn auch die Emancipation war gegen das Judenthum gerichtet, indem wir glaubten, mit Gesetzesparagraphen — Raceneigenarten aufheben zu können, wie da, wo die „Natur" der Juden nicht auszurotten ist. Die Emancipation hat in Deutschland in 30 Jahren nur — die Suprematie der Juden auf allen Gebieten des Lebens geschaffen und ein Stillstand ist unmöglich.

Von grösserer oder geringerer „sittlicher Reinheit", wie

Herr Perinhart sich ausdrückt, kann hier gar keine Rede sein. Ich glaube sogar, dass die Juden **unter einander** eine grössere „sittliche Reinheit" besitzen, als ein Germane, denn sie haben **einen generellen Gedanken**, der uns Germanen stets nur mangelhaft eigen war. Sie haben sich ein Racenbewusstsein bewahrt, ohne Unterschied, ob sie orthodox oder Reformjuden, oder confessionslos waren.

Entweder also wir **fügen** uns in den **kulturgeschichtlichen Prozess** unserer Verjudung, wie ich es in meiner Schrift gethan habe, — eine Resignation, die aber auch ein Verbrechen in den Augen der fanatischen „Eigenart" Israels war! — oder wir — — **machen die Fehler unserer Vorfahren wieder gut und erobern den Juden ihr Vaterland zurück.**

Schon Sir Moses Montefiore trug sich mit dem Gedanken und die „Association israélite" hat ihn ganz kürzlich wieder aufgenommen, **Palästina jüdisch zu kolonisiren**, um sich — ihrer **ärmeren Glaubensgenossen zu entledigen**. Der Gedanke ist also im Grunde genommen auch **modern geistiges jüdisches Eigenthum**.

Ich gehe nun einen Schritt weiter. Warum die armen Teufel in's „gelobte Land" schicken, während die Reichen sicher in „Babylon" bleiben würden. Es ist ein Glück für die armen Juden, dass die betreffende Prüfungskommission die Zustände in Palästina nicht für geeignet fand zu jüdischen Kolonien. Und warum in die Ferne schweifen? Giebt es denn in Deutschland nicht auch noch mächtige, brachliegende Landstriche, die für Geld zu haben wären und mit den modernen Mitteln der Ackerbaukultur fruchtbringend gemacht werden könnten? — Freilich, das würde mehr Geld kosten als das Reisebillet nach Palästina und das arme Judenthum bliebe dem jüdischen Finanzjunkerthum nach wie vor beschwerlich. Dieser künstliche Exodus ist eine Narrheit, auch abgesehen davon, dass der Schacher nicht die rauhe Feldarbeit liebt. Kulturgeschichtlich interessant ist dagegen, dass Israel **sich selber bereits über den Kopf wächst im Abendlande** und begreift, dass die abendländische Welt auch mit einer geringern Anzahl Juden beherrscht werden kann. Die spezielle Wahl Palästina's beweist ferner, dass man die armen orthodoxen Juden, die beim Pöbel Anstoss erregen, los werden möchte.

— „Wär' der
Gedanke nicht verdammt gescheidt,
Man wär' versucht, ihn herzlich dumm zu nennen."

Das moderne Judenthum hat begriffen, dass man mit **Moses** und dem **Talmud** das Abendland nicht erobern kann. Fort also mit den jüdischen „Enfants terribles"! fort mit dem orthodoxen jüdischen Karren- und Hausirhandel, der auch uns Reformjuden Konkurrenz macht. Wir brauchen **Arbeiter** und dazu eignen sich die **Germanen** besser.

Aber der jüdische **Gedanke der Kolonisation Palästina's könnte** heilsam für beide Theile werden.

Eine gesunde internationale Staatskunst, — möge nun **Frankreich oder Russland die Initiative ergreifen, denn auf das verjudete Deutschland ist nicht zu rechnen** — müsste Palästina zurückerobern und die Juden, vom Rothschild bis zum ärmsten „Schmuhl" in ihre Heimath zurückschicken. Aber nicht blos die armen Juden, denn diese schädigen durch ihre „Eigenart" nur einzelne Stände; das jüdische Finanzjunkerthum saugt am Marke der ganzen abendländischen Menschheit und ist reicher geworden als alle „Könige der Erde" zusammengenommen!

Voilà! — Da habt Ihr Eure Heimath, Euer Vaterland wieder. Kultivirt es. Ihr könnt in Palästina „Orthodoxe, Reformjuden, Indifferente, Konfessionslose" sein. Zeigt Eure **Arbeitskraft, Kapitalien** habt Ihr ja mehr als genug, um diese Arbeitskraft zu poussiren. Ein ganzes socialpolitisches Schema nehmt Ihr mit Euch aus dem von Euch unterjochten Abendlande. **Wendet es auf Euch an!** Ihr seid so hoch talentirt, durch Schlauheit und Rührigkeit Alles zu erobern, dass die ganze „orientalische Frage" in keine bessern Hände gelegt werden kann, als in die Eurigen. Schafft dann die selbstständige **semitische** Kultur, ohne unsere Frohnarbeit. Erobert Asien, Euere Heimath, wie Ihr uns erobert habt.

Ihr zaudert? Euch sind die deutsch-„egyptischen Fleischtöpfe" lieber. — **Ich kann es Euch nicht verdenken.** Hier die **Sprematie** auf allen Gebieten des Lebens, dort die schwere Kulturarbeit; hier die Domäne des Schachers, dort der Schweiss des Angesichts bei nothgedrungener Feldarbeit; hier **lachende Erben des Germanenthums**, dort schaffen und bauen; hier **desorganisiren**, dort **organisiren.** —

Was wiegt da der „Glaube der Väter", was wiegt da der Gedanke an **Vaterland, Heimath?** — Nicht den Bruchtheil einer Sperlingsfeder.

Dieser internationale abendländische „**Staatsstreich**", der mir vorschwebt, wäre eine Barbarei, wenn wir den Juden kein Aequivalent bieten. Wir lassen ihnen ihre Reichthümer, sie mögen ihren Grundbesitz liquidiren, wir lassen ihnen ihre Thatkraft und geben ihnen ihre Heimath und ihr Vaterland zurück, um dort auf adäquatem Gebiete zu herrschen.

Die „Association israélite" hat diesen Gedanken zur Hälfte ausgesprochen in ihrem projektirten Exodus der armen Juden. Ich spreche ihn in seiner letzten Konsequenz aus und prinzipiell halte ich ihn für unanfechtbar.

Es bleibt die praktische Seite der Frage zu untersuchen übrig.

Das nächste Resultat ist ein gewaltiger, socialpolitischer Rückstoss, den das Abendland erduldet. Der asiatische freche Luxus schwindet, mit ihm ein grosser Theil der abendländischen Industrie. —

Die Folge, und zwar die nächste, rasche Folge dieses Rückstosses ist die, dass der Industriearbeiter von der ungesund gewordenen, nur spekulativen Industrie zum Landbau zurückkehrt, dass unsere ganzen Sitten einfacher und uns angemessener werden.

Ist das „reaktionär", so mache ich mir eine Ehre daraus, ein „Reaktionär" gescholten zu werden.

Wird der Finanz- und Industrieschwindel aber nicht ventre-à-terre wieder durch uns selbst bei uns einkehren?

Nein. Wir sind zu „plump" dazu. Auf die „Agiotage" konnte nur das Judenthum die Gesellschaft gründen.

Ist es ein Unglück, wenn das Germanenthum genügsamer wird? — Ist es ein Unglück, wenn sittlicher Ernst bei uns einkehrt? Ist es ein Unglück, wenn unsere kirchlichen und politischen Kämpfe ohne die „Neue freie Presse", „National-", „Frankfurter" und andere Judenzeitungen ausgefochten werden? — Ein Unglück, wenn die spezifisch-jüdische Kameraderie aus der Politik, aus der Kunst, aus der Literatur schwinden? —

Ich wüsste es nicht.

Ist es endlich ein Unglück, wenn die Milliarden der jüdischen Finanzbarone nicht mehr „rouliren", wo bei der „Roulanz" derselben unsere ganze Nation nicht einmal die Brosamen erhält, die von der Herren Tische fallen? —

Das Wirthschaftsgesetz Sr. Durchlaucht des Fürsten Bismarck ist eine dunkle, vielleicht unbewusste Ahnung des genialen Staatsmannes, dass es mit der Verjudung der Gesellschaft so nicht weiter fortgehen könne. Ich nehme daher einen Theil der Vorwürfe, die ich Sr. Durchlaucht in meiner Schrift: „Der Sieg des Judenthums etc." gemacht habe, — sie wurde vor dem Wirthschaftsgesetz geschrieben — zurück. Der gesunde preussische und deutsche Sinn des Fürsten scheint Oberwasser zu gewinnen. Auch im „Kulturkampf" scheint ihm nachgerade „bange" geworden zu sein vor der alliirten semitischen Grossmacht, die das fast ausschliessliche erste Wort führte.

Aber — es ist zu spät. Dreissig Siegesjahre haben das Judenthum zu mächtig gemacht, als dass seine Kraft noch gebrochen werden könnte.

Dieses Judenthum! Es will nicht mehr „orthodox" sein und verdammt, wenn wir seine „Eigenart" beleuchten; es bezüchtigt uns des „Glaubenshasses". Es verträgt keine Kritik. (Ich nehme meinen Gegner, Herrn Perinhart, ausdrücklich hievon aus.) Bin ich denn der Einzige, der klagt! Ist nicht fast die ganze Nation meiner Ansicht? Aber unser Volk ist schon zu verjudet, und nur Wenige wagen es, das Wort zu führen. Ich darf mich wenigstens rühmen, in Herrn Perinhart einen anständigen und offenen Gegner gefunden zu haben. Die Glagau, Nordmann u. s. w. u. s. w. wurden nur frech bewitzelt und bespöttelt. Die Rede Istoczy's in Ungarn, welche die Palästinafrage ebenfalls behandelte, hat kein einziges Judenblatt wiedergegeben, aber an Glossen und Witzen darüber, was man der Kenntnissnahme des Publikums vorenthielt, hat es nicht gefehlt.

Ich halte es desshalb für meine Pflicht, diese Rede hier wiederzugeben. *)

Der ungarische Abg. Istoczy über die Juden.
(Reichstag. Pest, den 25. Juni 1878.)

Der Congress wird sicherlich die Befreiung der Christen auf der Balkan-Halbinsel bestätigen und die Aufgabe der Monarchie ist es, nöthigenfalls mit den Waffen in der Hand dahin zu wirken, dass die befreiten christ-

---

*) Ich bitte meine jüdischen Leser, bei den obigen Auslassungen sich in's Gedächtniss zurückzurufen, dass ein jüdischer Stabsarzt die obligatorische Beschneidung der Armee, also im Laufe der Zeit die Beschneidung des ganzen männlichen Theils unserer Nation verlangt hat. Diesem «Paradoxon» stelle ich somit nur ein anderes gegenüber, wenn man meinen Vorschlag paradox nennen will. Man wird wohl noch das Recht haben, sich theoretisch seiner — Haut wehren zu können!

lichen Völker nicht unter russischen Despotismus gerathen. (Bravo!) Das mohammedanische Element in Europa verschwindet immer mehr und mehr. Unter den christlichen Völkern Europas gibt es sodann nur mehr ein Element, welches die Völkerfamilien unter das Sklavenjoch bringen will, und das ist das jüdische! Die Juden haben sich, wie aus der Statistik nachgewiesen werden kann, im Zeitraume von 85 Jahren fast verachtfacht und wie eben diese statistischen Daten nachweisen, hat sich das jüdische Element in Ungarn alle 30 Jahre verdoppelt.

Da gegenwärtig 710,000 Juden in Ungarn leben, werden nach dieser Progression im Jahre 1900 1,100,000, im Jahre 1930 2,200,000 und so fortschreitend, im Jahre 2020 17,600,000 Juden in Ungarn leben, also genau doppelt so viel Juden als das Stephans-Reich jetzt Gesammteinwohner zählt.

Der verachtfachten Judenschaft gegenüber hat sich während 85 Jahren, selbst die Hebräer mitinbegriffen, die Gesammtbevölkerung Ungarns nicht einmal verdoppelt, ja sie hat sich vom Jahre 1869 bis 1870 in Ungarn und Siebenbürgen um nahezu 36,000 verringert. Allerdings waren daran die Cholera und andere Epidemien schuld, aber, fährt der Redner mit leidenschaftlichem Ingrimm fort, es ist eine statistische, von hervorragenden Grössen erwiesene Erscheinung, dass die Cholera die Juden verschont hat, ja, wie eine alte Chronik erzählt, hat die schwarze Pest, die im Jahre 1548 wüthete, fast gar keine Juden hinweggerafft. Die Christen schwanden dahin, selbst Petrarca's Laura musste sterben, aber die Jüdinnen und die Juden blieben am Leben.

Was half es, dass sie aus dem Westen Europas gejagt wurden, dass man sie beschuldigte, die Brunnen vergiftet zu haben, dass sie Ludwig der Grosse aus Ungarn verjagte; die schöne Jüdin Esther, die Geliebte des Polenkönigs Casimir, wusste ihnen eine neue Heimath, das unglückliche Polenland, zu verschaffen, welches sie völlig zu Grunde gerichtet haben. Auch aus der Statistik Budapests lässt sich beweisen, dass die Juden, welche eine geordnete Lebensweise führen und sich vorzugsweise geistig beschäftigen, ein hohes Alter erreichen und von den Epidemien nicht umgebracht werden können; ja sogar der Krieg kann ihnen nichts anhaben, ihre Anzahl im gemeinsamen Heer und in der Honvedschaft ist eine verhältnissmässig sehr geringe, die meisten sind Militärärzte; ja, während wir uns im Kriege opfern, werden jüdische Lieferanten reich. Unsere armselige Race geht zu Grunde, während, um mit den Worten Disraeli's zu sprechen, « die reinblütige höhere Race sich erhebt. »

Wir sind demnach der Gefahr ausgesetzt, in zwei bis drei Generationen von den Juden völlig vernichtet zu werden. Dieser Prozess wird selbstverständlich unter furchtbaren Schmerzen vor sich gehen und wir fühlen schon heute die traurige Wirkung desselben. Wir im Hause recriminiren gegeneinander wegen der herrschenden Uebel und vergessen ganz an die einzige wirkliche Ursache aller Uebel, an den eisernen Reifen, Jude genannt, der uns umschlingt, uns zu erdrücken droht, zu denken. Sollen wir deshalb in wenigen Jahren das tausendjährige Jubiläum des Bestandes unseres Vaterlandes feiern, um diesen Staat dann an die Juden zu vererben?! Heute ist es noch ein Glück, dass wenigstens noch geringer Neid vorhanden ist, der es bei uns bisher zu verhindern wusste, dass ein Jude Minister sei, aber auch das wird mit der Zeit aufhören, sie werden Alles in die Hand bekommen und wir werden erbärmlich zu Grunde gehen müssen. Wenn wir leben wollen, so ist es gar keine Frage, was wir zu thun haben.

So ist es auch in ganz Europa: jüdische Interessen, jüdische Politik, jüdische Staatsmänner, jüdische Journalisten, jüdische Financiers leiten die Geschicke aller grösseren Staaten und beeinflussen alle Regierungen. Die Juden sind diese internationalen Hetzer, die die Christen Europa's gegen einander aufwiegeln, um sie durch den Krieg zu Grunde zu richten, soweit sie sie nicht schon durch Corruption zu Grunde gerichtet haben.

Um diesem grossen internationalen Uebel abzuhelfen, gibt es nur ein Mittel: Die Juden müssen aus Europa weggeschickt werden. Eine bessere Gelegenheit gab es noch nie; jetzt ist die Zeit, den grossen geschichtlichen Fehler zu corrigiren und die Ungerechtigkeit, welche man den Juden angethan, indem man sie von Palästina vertrieb, gutzumachen.

In Palästina werden die Juden einen grossartigen Staat zu bilden im Stande sein und da sie zum Militär nicht taugen, werden sie auch in dieser Hinsicht für die Welt einen Musterstaat bilden. Der jetzige Zustand in Europa ist weder für die Juden noch für die Christen haltbar; ein in England erscheinendes, speziell jüdische Interessen vertretendes Blatt hat ja selber in dieser Hinsicht einen Antrag gestellt, man möge das jüdische Reich in Palästina wieder herstellen. Heute, wo das Nationalitätenprincip so stark im Vordergrunde steht, kann das auch bezüglich der Juden durchgeführt werden. Wenn alle grösseren Staaten Europas nach Jahrhunderten ihre Einheit und Selbstständigkeit zurückerhalten haben, kann man jetzt nach achtzehn Jahrhunderten auch den Juden ihr Reich zurückgeben; bilden sie doch jetzt ohnehin einen Staat in den Staaten, all ihr Streben, all ihre Wünsche concentriren sich ja, dahin zurückwandern zu können nach dem grossen Reich von vor tausend Jahren. Mobilisirt können sie ja leicht werden, denn sie haben ja grösstentheils mobiles Vermögen und können binnen achtundvierzig Stunden auswandern. Der Jude acclimatisirt sich sehr leicht, ist, wo er nur lebt, seinem Vaterlande anhänglich — im Orient hat es ausgetobt und jetzt ist es Zeit, dass ein so vorgeschrittenes, gebildetes, mit grossen geistigen Fähigkeiten versehenes Volk, wie das jüdische, im Oriente die Führerrolle übernehme, wozu es auch ausserdem durch seine Racenverwandtschaft mit den Mohammedanern sehr geeignet ist. Die Juden allein sind berufen, die Regeneration des mohammedanischen Reichs zu verwirklichen. Dort könnten sie ihre Aspirationen, welche sie jetzt geheim hegen, ganz offen pflegen, während sie jetzt Parasiten der Christen in Europa sind.

Dem innersten, geheimsten Wunsche der meisten Juden kann jetzt Folge geleistet werden, wenn sich auch jene mächtigen Juden, die sich in Europa Macht erworben haben und denen es viel gemüthlicher ist, in London, Paris, Berlin, Wien und Budapest die Welt zu regieren, sich dem widersetzen sollten. Ich appellire an den so viel erwähnten Patriotismus der Juden, sie mögen sich nun ihr eigenes Reich bilden, sie werden gewiss ein mächtiger, einflussreicher Staat werden; meine aufrichtigsten und besten Wünsche werden die Juden begleiten. Mögen die Juden dies lieber acceptiren und mit ihren fortwährenden Plänen, die Christen auszurotten, aufhören.

5.

Bevor ich von Herrn Perinhart Abschied nehme, lassen wir uns noch einmal die Juden vor und nach der Emanzipation vor Augen treten. Sie hatten bereits Alles, ausser die politischen Staatsbürgerrechte, ausser der Gewerbefreiheit. Diese letztere besassen aber auch wir ebenfalls nicht und politische Rechte auch nur in sehr bescheidenem Massstab.

Mit der Emanzipation wurde das Handwerk der Grossindustrie geopfert. Der Jude konnte früher nicht Schneider und Schuster sein. Er musste unter fremdem Namen diese Branche als Industrie betreiben. Er konnte auf seinem Namen keine Häuser haben, er hatte sie auf fremdem Namen. Er musste „Provision" zahlen. Mit der Judenemanzipation wurde die Gewerbefreiheit zur Gewerbeanarchie, die Handwerksmeister zu Fabrikarbeitern. Der jüdische Spekulationsgeist drang in die Gesellschaft, der Pauperismus frass wie ein Krebsschaden um sich, die Millionäre verzehnfachten, das Proletariat verzehntausendfachte sich. Die ideologischen, abstrakten germanischen Manchesternarren fanden in den Juden die konkretesten, realistischsten Kalkulatoren als Alliirte.

Die Gewerbeanarchie, dieser mächtige Hebel des Schachers, war ja den Juden die Hauptsache. Die Theilnahme an der Gesetzgebung Mittel zum Zweck.

Frech und anmassend trat das Judenthum im Gewerbe und im öffentlichen Leben auf. Die Grossmäuligkeit, die man in der Presse früher nur bei jüdischen Theaterrecensenten gewohnt war, theilte sich der ganzen Journalistik mit, welche mit Riesenschritten verjudete. Die Corruption der jüdischen Presse in der Gründerzeit ist längst enthüllt und wird es noch mehr werden. Nur Geduld! — — Jetzt seht Euch um und fragt die Leute, worüber sie seufzen. Fragt sie, wer und was ihnen den Erwerb erschwert, und definirt und doktrinarisirt nicht!

Israels Schachergeist konnte sich vor der Emanzipation nicht frei genug bewegen. Wo er es konnte, wie bei den grossen jüdischen Finanzbaronen, da stösst der Emanzipationsgedanke auf die grösste Zugeknöpftheit.

Fast 18 Jahrhunderte hatten vorgearbeitet, der jüdischen „Eigenart" den Boden in Deutschland zu lockern. Unsere

Ideale von Freiheit, unsere Irrthümer wurden sofort sehr praktisch verwerthet. Was heute nicht zur Fahne der jüdischen Kameraderie schwört, ist verloren, wird ausmanöverirt auf allen Gebieten. Greift man diese entsetzlichen Zustände an, so stellt das Judenthum in der Presse sich todt, wie der Fuchs, oder macht drollige Kapriolen, um die Lacher auf seine Seite zu ziehen. In dem Kampfe um die **Existenzfrage** — ich wiederhole dies „letzte Wort" — weiss es sehr gut, dass wir ihm längst nicht mehr gewachsen sind. Wo in aller Welt ist denn nur der „**christlich**"-germanische Geist unserer Regierungen, wenn er Staat und Gesellschaft zersetzen lässt durch den **Schacher**? Wenn er die „**Christen**" nicht vor der **Verjudung** schützen kann? Ich frage meine christlich-theologischen Mitstreiter: **wo ist dieser Geist zu finden?** —

Stöcker, Tod u. A. haben es versucht, **gesellschaftlich** christlich zu wirken. Diese Männer sind in der Judenpresse mit Strömen von Jauche des Witzes begossen. Selbst wenn sie irrten, verdienten sie eine andere Behandlung. Hat die Judenpresse auf die antijüdischen Artikel in der doch sehr einflussreichen „**Germania**" ernsthaft geantwortet? Nein! Israel **affektirt: die ganze Welt sei auf seiner Seite**, so weit hat es die jüdische Frechheit in der Presse bereits gebracht. Hat man auf die Reihe wissenschaftlicher Artikel in der „Neuen evangelischen Kirchenzeitung" ernsthaft geantwortet? Vollständig todtgeschwiegen hat man sie in der verjudeten Tagespresse. Wird aber ein Jude „Kreisrichter", da intonirt das ganze semitische Orchester Jubelpsalmen!

Das ist **generell**. Seltene Ausnahmen sind nicht die Regel. Das Judenthum stand uns **vor** der Emancipation nicht den zehnten Theil so schroff gegenüber als **nach** derselben. Und können wir es nicht ändern, hat man **Oben** und **Unten** den Muth verloren, dies auszusprechen, so wollen **wir uns wenigstens nicht hindern** lassen, diesen „**Schmerzensschrei**" **der Wahrheit** in die Welt hinaus zu rufen.

Ich habe allerdings in meiner Schrift „**Der Sieg des Judenthum**" einen matten Hoffnungsblick auf Russland geworfen. Als ich sie schrieb kannte ich die **Verjudung**, die Corruption des Czarenreiches noch nicht so genau, wie sie jetzt enthüllt vor uns liegt.

Ja! ich **hoffte**, dass Russland uns in diesem Kampfe **unter** **stützen** würde. Ich habe mich geirrt. Ist das eine Schande?

Der sociale „Nihilismus" grassirt in Russland noch stärker als bei uns. Ich bekenne meinen Irrthum. — Eine Revolution in Russland wird selbstredend auch Israel in die russische Gesetzgebung bringen.

Uebrigens, wenn ich von Völkermissionen rede, so geschieht dies nicht auf dem wohlfeil „liberalen" oder „fortschrittlichen" Standpunkt, dass man von einer p. t. guten Regierung Alles hofft und von einer p. t. schlechten Alles fürchtet. Der Schwerpunkt ad vocem Russlands liegt heute vielmehr darin, dass es dem flinken Judenthum gelingen wird, neben der socialen auch die gesetzgeberische Stellung zu erobern. Gibt sich Jemand dem Aberglauben hin, Russland könne im modernen Sinne parlamentarisch-constitutionell regiert werden, so will ich ihm diesen Aberglauben nicht stören. Nach meiner Ansicht bedarf das russische Reich noch auf lange Zeit — — den „intelligenten Despotismus". Der Konstitutionalismus mit obligater Judenemancipation würde das Land nur seine Ausbeuter wechseln lassen. Wir werden dies bald genug an Bulgarien erleben. Auf die Entwicklung dieses primitiven Landes verweise ich schon heute als auf ein neues Eldorado für das Judenthum. Jüdische Bankiers werden dort das Finanzsystem in die Hand nehmen, jüdische Industrielle das Land zu hypotheciren wissen u. s. w.

Ist dieses System „richtig", dann wird und muss Israel auch in Bulgarien die Herrschaft an sich reissen, denn in der geschickten und raschen Ausbeutung von Allem besteht die jüdische Kraft und die politische Gleichstellung vermehrt, vertausendfacht diese Kraft. Von dem Judenthum verlangen, dass es mit uns transigire, wäre eine Illusion. Es braucht uns nicht mehr; der abendländische „Mohr hat seine Schuldigkeit gethan" mit der Judenemanzipation, „der Mohr kann gehen". Von den blutwenigen Ausnahmsjuden, welche vor der Kritik der „Eigenart" ihres Volkes, wenn sie von Nichtjuden geübt wird, sich nicht entsetzen, kann hier keine Rede sein.

Der „Kladderadatschkalender" zu Anfang der 50er Jahre durfte in einem Couplet den köstlichen Vers machen:

„Minister Hamann thät's gelingen
Vermöge absoluter Kraft,
Den Herrn von Mardochai zu bringen
In lange Untersuchungshaft.

Doch dieser sprach: mein Lieber, Bester,
Ich komme frei, was gilt die Wett'?
Denn meine Freundin, **Fräulein d'Esther,**
Ist von des persische Ballet."

Ein Nichtjude hätte das nicht wagen dürfen, ohne vielleicht vom „Kladderadatsch" selber des „Glaubenshasses" bezichtigt zu werden.

Was sind nun die Folgen dieser jüdischen Intoleranz seit der Emanzipation? Schriften wie „Jeiteles Teutonicus, Harfenklänge aus dem vermauschelten Deutschland", die ein Spassvogel unter dem Pseudonym von „Marr dem Zweiten" geschrieben hat und zwar in einer sehr gepfefferten Weise, dass ich es den Juden nicht verdenken kann, wenn sie den Stab tausendmal über diese „Harfenklänge" brechen, zu welchen Meister Bechstein ausserdem die Bilder geliefert hat! Der Poet und der Künstler haben selten die Kaltblütigkeit der Prosaikers und ihr Humor wird bei aller Komik bitterer Sarkasmus — Galgenhumor.

Aber — wägen wir ab. Welche Melodien spielte der jüdische Humor im Kulturkampf. Goss er nicht ebenfalls seine ätzende Lauge über Dinge aus, die Millionen von Katholiken heilig sind! Er, der seine ernsten Gegner todtschweigt, wird nicht müde, die Klerikalen zu verhöhnen, dass sie die Sünden der Ihrigen todtschweigen. Das Judenthum hat wahrlich kein Recht, sich zu beklagen, wenn Andere „über die Schnur hauen". —

Doch ich gebe zu, jeder Parteikampf treibt Auswüchse und literar-historisch mögen die Ausschreitungen auf beiden Seiten als solche bezeichnet werden. Die jüdische Presse sucht die Lacher auf ihre Seite zu bringen. Wenn Andere dasselbe thun, — was ist's weiter?

Für mich ist die Judenfrage zu ernst, um sie humoristisch zu behandeln, denn sie ist eine sociale Frage. Aber wer Anders als Israel hat den Humor ausschliesslich als Parteiwaffe nach der Emanzipation in die Presse gebracht? Und so ist es auch nicht meines Amtes, den Verfasser des „Jeiteles Teutonicus" zu verdammen, obschon ich seine Form sachlich nicht billige.

Ich hoffe, mein Gegner, Herr Perinhart, wird dieser Anschauung Gerechtigkeit widerfahren lassen.